ESTA TERRA SELVAGEM

A marca FSC® é a garantia de que a madeira utilizada na fabricação do papel deste livro provém de florestas que foram gerenciadas de maneira ambientalmente correta, socialmente justa e economicamente viável, além de outras fontes de origem controlada.

ISABEL MOUSTAKAS

Esta terra selvagem

COMPANHIA DAS LETRAS

Copyright © 2016 by Isabel Moustakas

Grafia atualizada segundo o Acordo Ortográfico da Língua Portuguesa de 1990, que entrou em vigor no Brasil em 2009.

Capa
Christiano Menezes

Ilustração de capa
Chico de Assis

Preparação
Raquel Toledo

Revisão
Marina Nogueira
Valquíria Della Pozza

Os personagens e as situações desta obra são reais apenas no universo da ficção; não se referem a pessoas e fatos concretos, e não emitem opinião sobre eles.

Dados Internacionais de Catalogação na Publicação (CIP)
(Câmara Brasileira do Livro, SP, Brasil)

Moustakas, Isabel.
 Esta terra selvagem / Isabel Moustakas. — 1ª ed. — São
Paulo: Companhia das Letras, 2016.

 ISBN 978-85-359-2689-7

 1. Ficção brasileira I. Título.

16-00456   CDD-869.3

Índice para catálogo sistemático:
1. Ficção : Literatura brasileira   869.3

[2016]
Todos os direitos desta edição reservados à
EDITORA SCHWARCZ S.A.
Rua Bandeira Paulista, 702, cj. 32
04532-002 — São Paulo — SP
Telefone: (11) 3707-3500
Fax: (11) 3707-3501
www.companhiadasletras.com.br
www.blogdacompanhia.com.br
facebook.com/companhiadasletras
instagram.com/companhiadasletras
twitter.com/cialetras

Para meus pais

*Até quando, Iahweh, pedirei socorro e não ouvirás,
gritarei a ti: "Violência!", e não salvarás?*

Habacuc, 1,2

1.

Demorei um pouco para encontrar a casa, contornando a mesma praça com os mesmos velhos sentados à mesma sombra, jogando fora a mesmíssima conversa de todos os dias, quatro ou cinco vezes passei por ali e um deles acenou, sorridente, depois da segunda volta; óbvio que me sacaneava. Quase parava para lhes perguntar quando me lembrei do ponto de referência: um prédio verde ao lado de uma padaria-boteco, numa das esquinas. Eu tinha notado o prédio verde, desbotado, quase branco, mas não a padaria, pois não havia letreiro, placa, nada, e então vi um balcão e a estufa com salgados. Era virar ali, seguir por aquela rua, dobrar à esquerda na segunda esquina, depois à direita, e pronto.

O aprazível bairro do Limão.

Logo estava na ruazinha estreita, cheia de casas apertadas umas pelas outras, feito crianças se aboletando num banco; crianças de mais, espaço de menos.

Estacionei diante do portão enferrujado, peguei o bloco e uma caneta no porta-luvas, o celular que deixara jogado no banco do carona e desci. Não precisei tocar a campainha. Uma senhora de uns sessenta anos escancarou a porta e gritou que o portão estava destrancado. Entrei na garagem vazia, fechando o portão ao passar, e me dirigi à porta onde a mulher me esperava com a mão estendida.

"O senhor deve ser o João", disse. Se não tinha certeza, por que me deixou entrar? "Eu sou a Agnes. Chegou rápido."

"Pois é", sorri. "O jornal é aqui perto."

Era uma dessas casas antigas e reformadas geração após geração quando, talvez, o melhor fosse pôr tudo abaixo e construir outra do zero. A sala de TV mais parecia um corredor, e imaginei alguns pobres-diabos tentando, nos últimos trinta ou quarenta anos, assistir a um jogo de futebol enquanto uma infindável procissão de crianças zurrava de um lado para o outro, na correria habitual. Passamos por uma espécie de copa, maior e mais iluminada que a sala, notei o corredor escuro à direita, dois ou três quartos penumbrosos, e chegamos à cozinha.

A garota estava sentada à mesa, mãos unidas sobre o tampo, os dedos entrelaçados como se rezasse. Uma adolescente comum. Dezesseis anos.

"Esse é o João", disse a velha.

Ela me encarou. "Eu sei."

"Olá, Marta", eu disse.

Agnes fez um sinal com a cabeça, puxei uma cadeira e me sentei de frente para a menina. Depois, sem me perguntar se eu queria, colocou uma xícara na minha frente e serviu um tanto de café.

"Passei agorinha."

Também pôs uma garrafa com água gelada e um copo ao meu alcance. Agradeci.

"Vou ficar ali na sala e deixar vocês à vontade. Qualquer coisa, é só gritar."

"Obrigada, vó."

"Obrigado, dona Agnes."

Esperei que ela saísse para encarar a menina. Estava muito magra, de uma palidez adoecida, ainda mais intensa por conta dos traços que explicitavam sua ascendência. A mãe era brasileira, neta de italianos, mas o pai (de cujo lado herdara o formato do rosto, os cabelos, os olhos) era um imigrante boliviano que, segundo disseram, descendia dos aimarás. Vestia uma camiseta branca lisa e mantinha os cabelos presos num rabo.

Olhava diretamente para mim.

Tomei o café e empurrei a xícara para um lado, colocando o bloco em seu lugar.

"Quer mais café? Se quiser, pode pegar."

"Não, obrigado", tentei sorrir.

Ao lado dela, um prato com farelos de pão e, sobre ele, uma faca pequena, de lâmina estreita e cabo de madeira. Havia também outra xícara ao lado do prato, mas não parecia ter sido usada.

"Eu pedi que o senhor viesse."

"Eu sei. Não precisa me chamar de senhor."

"Você. Eu pedi que você viesse."

"Você quer conversar? Falar sobre o que aconteceu?"

Balançou a cabeça uma única vez: sim.

O som de um programa matutino vinha da sala. A velha ligara a TV. Não queria mais saber daquela história.

"Sete meses agora", disse Marta. "Hoje."

Sete meses. O caso fora muito noticiado durante algum tempo (até ser engolido por outros, tão escabrosos quanto, e cada vez mais frequentes). Uma ONG se dispusera a pagar pela internação hospitalar e, depois, pela estadia numa clínica ou coisa parecida, onde ela permaneceu por dois meses. A polícia não conseguiu identificar os responsáveis. Ninguém preso, ninguém acusado.

Fantasmas.

Ela não falou com a imprensa durante todo aquele tempo.

Não falou com ninguém.

Uma funcionária da clínica me disse que ela ficava calada nas sessões com a terapeuta. Daí pensei que, se a terapeuta comentava com todo mundo sobre as sessões, a ponto de a recepcionista saber o que acontecia lá dentro, calar a boca foi a melhor coisa que Marta podia ter feito.

"Eu li seu artigo. Não tinha lido nada a respeito ainda."

"O artigo que saiu no último domingo?"

"Esse mesmo. Minha avó nem queria que eu lesse, mas eu... Eu gostei do que você escreveu. Não ficou nessa coisa de... nisso de explorar, sabe? Porque é muito ruim o que rola quando... você sabe."

Concordei com a cabeça.

Ela continuou: "E você falou de outras coisas. Outros casos. Deu uma geral. Eu nem sabia de todos esses... tem muita coisa acontecendo. Muita coisa ruim. E você disse que está aumentando, né? O louco é que ele me disse que ia ser assim. Ele me avisou. Ele... eu não fiquei, eu não... um deles ficou pisando na minha cabeça enquanto os outros quebravam tudo e batiam nele, no meu... eles batiam e batiam, com toda a força... o meu pai, ele..."

Uma lágrima bem grossa desceu do olho esquerdo.

Quem disse o quê? Quem *avisou*?

Ela manteve as mãos sobre a mesa, nada do gesto instintivo de perseguir a lágrima, desaparecer com ela, esfregar os olhos, nada disso.

No silêncio que se seguiu, anotei algumas coisas no bloco. Ela não pareceu se importar.

"Eu só... posso tentar... conto algumas coisas, o que eu conseguir, e daí o senhor... você pode escrever, se quiser. O que quiser."

Concordei de novo com a cabeça. "Você se importa se eu gravar?"

Ela fez que não. Tirei o celular do bolso, acionei o gravador e deixei sobre a mesa, ao lado da garrafa com água.

Ela ficou olhando o aparelho por um tempo.

Respirou fundo.

"Ainda está tudo meio embaralhado aqui dentro. As coisas só parecem claras quando eu sonho. No sonho, tudo... uns detalhes, sabe? Tipo, a tatuagem de um deles."

"Tatuagem?"

"Aqui em cima", colocou a mão direita na omoplata. "Uma suástica, mas não naquelas cores de sempre. Vermelho e tal. Era uma suástica azul, dentro de um losango amarelo e com um fundo verde. Eu não me lembrava, e daí sonhei. Vi quando ele se abaixou. Quando ele, sabe?, ele... a minha mãe..."

"Eles usavam máscaras, certo?"

Ela fez que sim. "Usavam. E calças e uns coturnos pretos, camisetas brancas. Tipo essa. Sem nada escrito. Um deles estava sem camisa. E tinha os... os cadarços."

"Verde-amarelos."

"Verde-amarelos."

Cadarços verde-amarelos. Calças pretas, camisetas brancas. Máscaras. Suásticas nas cores da bandeira.

Ela respirou fundo outra vez, mas agora a respiração fraquejou no meio, como se falhasse.

Coloquei um pouco de água no copo e o empurrei na direção dela, que agradeceu, mas deixou o copo onde estava, nem sequer tocou nele.

"Vou tentar... assim, do começo", disse.

"O.k."

"Eles tinham chegado do trabalho. Meus pais."

"Seu pai era mecânico. Certo?"

"Sim. Trabalhava numa oficina ali perto da Barra Funda."

"E sua mãe?"

"Ela trabalhava numa empresa de cobrança. Era formada em ciências contábeis. Enfim. Eles chegaram e a gente falava sobre… tentava decidir o que ia comer. A gente sempre pede… pedia… a gente sempre pedia comida na sexta. Pizza, chinês, hambúrguer, essas coisas. Eu queria yakisoba. Acho que minha mãe também queria. É, ela também queria. Ela gostava muito. Meu pai é que ficou enchendo, vocês já pediram yakisoba na semana passada, mas não era verdade, fazia pelo menos um mês que ninguém pedia. Se fosse por ele, a gente só pedia pizza, sabe? Ele gostava muito de pizza. Mas daí eu e minha mãe batemos o pé e ele se deu por vencido. Falou pra gente pedir enquanto ele ia tomar banho. Ele trabalhava… já falei, né? Todo sujo de graxa, o sorriso branco ali no meio. Era bonito, ele. E era muito bom mecânico, tipo o meu avô, ele aprendeu tudo com o meu avô, que tinha uma oficina lá em Quillacollo, e meu pai também ia ter a oficina dele aqui em São Paulo, um dia, não ia demorar, eu sei que não, eu sei que não."

Esperei por outra lágrima, mas ela não veio. Yakisoba. Mecânico. Quillacollo. Oficina. Eu anotava tudo.

"Meu pai estava no banho quando eles entraram. Parecia uma brincadeira, um… um… trote, tipo… eles apagaram as luzes, seis deles, deixaram só a do corredor acesa, um deles chutou a TV, jogaram a minha mãe no chão, começaram a rasgar as roupas dela, e me jogaram no chão também, um deles me deu um murro na cabeça, outro pisava na minha mão, aqueles cadarços… meu pai veio do banheiro enrolado numa toalha, começaram a bater nele, a bater muito mesmo, chute na cabeça, no corpo, também pisando nas mãos dele, mas não como pisavam na minha mão, na minha cabeça, pra eu não me mexer, mas dando uns pisões mesmo, com toda a força, eu ouvia uns

14

estalos, ele berrando de dor e eu e minha mãe, uns... e depois eles... eles..."

Eu sabia. Talvez ela não precisasse dizer.

"Você não precisa..."

Ela balançou a cabeça.

Talvez não precisasse, mas certamente *queria*.

"Eles... abusaram dela... um depois do outro, dois deles, os outros olhando e rindo, xingando, batendo mais no meu pai... depois bateram muito nela também... eu fiquei o tempo todo encolhida no chão, olhando pra baixo... daí um deles me puxou pelo cabelo e me obrigou... na minha boca... o cara terminou e eu acabei vomitando, me deram uns chutes também, ficavam dizendo que eu ia me acostumar, que eu... daí só me lembro deles... acho que tinham desmaiado, sabe?, meu pai e minha mãe, eles não se mexiam, não... tinha muito sangue, eu nem... jogaram ela em cima dele, assim de qualquer jeito, amontoados, e um deles apareceu com esse... galão... despejaram em cima, aquele cheiro. Gasolina. Eu vomitei de novo, acho que comecei a implorar... me arrastaram pra fora, me jogaram dentro de um dos carros, dois deles entraram comigo no banco de trás... tinha dois carros... empurraram a minha cabeça contra o vidro, pra que eu assistisse, sabe... eu vi o fogo lá dentro, ouvi... os gritos... eu..."

O ar ao nosso redor estava oleoso.

Eu tinha parado de anotar.

A voz dela saía alquebrada, chegava até mim em ondas fracas, desmancháveis.

O esforço parecia descomunal.

"Eu vi o fogo, e o carro em que me jogaram arrancou, eles... ficaram rodando, não sei quanto tempo, e eu ali... eles mandavam eu calar a boca, mas eu... tinha dois ali atrás comigo e outro na frente, sozinho, eu lembro porque ficava olhando o banco da frente vazio... não sei quanto tempo... até que um deles botou um capuz em mim, mas quando fez isso a gente já estava rodando fazia um tempão... acho que foi o motorista quem mandou, quem disse dá um tempo aí, porra, lembro dele dizendo isso, acho que depois de receber uma ligação, ficou falando estamos com ela, é, estamos sim, é pra fazer o quê com ela? e eu juro, fiquei rezando, pedindo, me mata logo de uma vez, acho que cheguei a dizer isso, disse sim, e me deram outro murro na cabeça, calabocasuapiranhacalaaporradessabocacaralho, e calei... estava largada no assoalho, imprensada, encolhida, e não sei quanto... só me lembro deles me tirando do carro... bem frio... era um lugar tipo... fora... ventava muito e eu lembro de pisar num gramado... me levaram pra dentro de uma casa, me jogaram num quarto, um deles arrancou o capuz, o quarto tinha as janelas... jornal, umas páginas de jornal presas com fita, e essa cama de casal e um abajur num canto, eu lembro do abajur porque era vermelho, tinha o fio vermelho, fiquei olhando pro abajur, pro fio, pensando no fogo enquanto eles... eles..."

A voz falhou de vez.

Pensei em insistir que ela bebesse um pouco d'água, mas não consegui dizer nada.

Os olhos dela estavam secos, fixos no tampo da mesa ou no meu celular ali em cima. As mãos estavam como antes, unidas, dedos entrelaçados.

Esperei quase dois minutos antes de perguntar: "Que lugar era? Uma chácara?".

Balançou a cabeça. "Acho... acho que sim. Não conseguia... os jornais, era muito jornal na janela... eu não conseguia ver nada lá fora. Mas não tinha barulho de cidade. Carro, ônibus. Nada."

"E eles te mantiveram ali por uma semana."

"Depois eu soube. Eu não tinha como..."

"Claro, claro."

"Eles iam e vinham. Do quarto. Do lugar. Quer dizer, sempre tinha alguém… ficavam ouvindo música…"

"Que tipo de música?"

"Pesada. Não sei direito. Eu nunca… não gosto muito disso. Mas teve horas que ouviam outras coisas também. Música clássica, acho."

"Música clássica?"

"É. Aconteceu duas ou três vezes. Bem tarde. No meio da noite. Não sei, acho que vinha alguém importante e eles tinham, tipo, umas reuniões, porque não ficavam naquela gritaria, naquilo de falar merda uns pros outros, mas eu ouvia as vozes, uma por vez, parecia reunião mesmo, discutindo alguma coisa bem séria, e era tudo organizado, cada um falava e tinha aplauso e tudo. E era sempre tarde. Escurecia e passava um tempão antes que isso começasse."

"Depois de um tempo, você conseguia perceber que vinha alguém? Quero dizer, esse alguém importante?"

"Sim. A rotina mudava. Chegava mais gente, e eu ouvia eles limpando e arrumando o lugar, varrendo e tudo, e então chegava um carro, e depois começava a reunião."

"Você conseguia ouvir alguma coisa dessas reuniões?"

"Não. Ouvia as vozes, mas não entendia o que diziam."

"Eles te deixavam sair do quarto? Ir ao banheiro?"

"Nunca. Tinha dois baldes. Aqui você vomita, aqui você mija e caga. Um deles falou isso. Me amarravam na cama. De vez em quando alguém vinha olhar. Perguntava se eu queria… usar os baldes. Eu dizia que sim, mas nem sempre queria, só queria ficar um pouco desamarrada, a corda machucava… Levavam comida uma vez por dia. Sanduíche, bolacha, resto de pizza. E água. Trocavam os baldes também."

"Você tinha noção de quantos eram?"

"Mais ou menos. Acho que sempre ficavam pelo menos uns três na casa. Eles vinham. Um e depois… os outros ficavam olhando. Todos dentro do quarto. Teve esse gordo. Era bem gordo. O gordo pediu pros outros dois saírem. Eles riram da cara dele. Ele ficou nervoso e não… não deu conta. Daí ficou com raiva e me bateu. Depois pediu desculpa por me bater e os outros riram ainda mais. Eles riram muito dele."

"Eles usavam máscaras?"

"No começo, sim. Depois foram deixando."

"E usavam sempre o uniforme deles?"

"Não. Usavam roupa normal mesmo. Bermuda, camiseta. Tênis. Alguns ficavam descalços."

"Eles chegaram a filmar quando… estavam com você?"

"Uma vez só. Mas daí veio alguém e brigou muito com o cara que filmava. Tomou a câmera da mão dele e tudo."

"Mas, no final, já não usavam máscaras."

"Não. Nos últimos dias, não."

"Você conseguiria identificá-los, então?"

Balançou a cabeça. "Não. A polícia me mostrou umas fotos, mas… eram todos iguais. Carecas, brancos. Eram todos iguais. Tudo a mesma merda."

Tudo a mesma merda.

"Como foi que te soltaram?"

"Foi depois da festa. Teve uma festa lá, com bastante gente. Meninas, também. Lembro das vozes e tudo. Puseram um capuz, sabe? Acho que chegaram a entrar no quarto. Eu não me lembro bem, eu… já estava bem fraca, não entendia direito… sim, entraram, porque me lembro de uma menina reclamando do fedor. Eu apagava e voltava. Daí, um deles entrou no quarto e me sacudiu. A música tinha parado. Eu ouvi outra pessoa entrando. Esse sujeito disse que tinham discutido a minha situação. Eu comecei a tremer, achei que iam me matar, né? Antes tivessem. Era um cara mais velho, tinha voz de mais velho e tudo. Ele disse que iam me levar embora. Parecia meio chapado. Falando arrastado. Bêbado, sabe? Disse que tinham matado o meu pai porque ele era um porco, um índio boliviano safado, e a minha mãe porque ela era uma puta imbecil que deixava um índio boliviano porco safado meter nela. Falou desse jeito. E também falou que logo iam fazer muito mais e muito pior, que a hora estava chegando, ele repetiu isso, ficou repetindo, a hora está chegando, a hora está chegando e a gente vai queimar tudo que é índio boliviano e paraíba e crioulo e viado, não vai sobrar um, e depois disse que eu era, tipo, o aviso, sabe?"

"Aviso?"

"É. O aviso de que a hora está chegando."

Prendi a respiração por um momento. Olhei para o bloco, mas não anotei nada.

"Ele disse mais alguma coisa?"

"Não. Acho que não."

"Te levaram embora nessa mesma noite?"

"Foi. Me deram um troço pra tomar, enfiaram umas pílulas sei lá do quê na minha boca e me fizeram engolir, segurando o meu queixo com força, tapando o meu nariz e, não sei quanto tempo depois, eu apaguei. Só acordei no hospital."

"Te deixaram num banheiro de posto de gasolina."

A cabeça raspada. Imunda. Metida numa camiseta branca e grande demais.

"Me disseram depois. Me disseram."

Ela parecia exausta. Esfregou os olhos, respirou fundo. "Tem uns detalhes aí que eu só lembrei depois."

"Com os pesadelos e tudo?"

"Também."

Esperei um pouco. Talvez houvesse mais alguma coisa.

"Não quer um pouco d'água?"

Ela fez que não com a cabeça.

O volume da televisão parecia mais alto agora.

"Pode tomar", ela disse, empurrando o copo na minha direção, o mesmo que eu enchera para ela. "Não tenho sede."

Tomei um pouco. Me senti subitamente fraco.

Por fim, passado um longo momento, Marta me encarou e disse: "Pode fazer o que quiser com isso que te contei. Eu não tenho mais nada pra dizer".

Então pegou a faca e a enfiou com toda a força no próprio olho direito.

2.

A casa ficava no fim de uma rua sem saída, num extremo da Vila Leopoldina. O sobrado vizinho tinha uma placa de ALUGA--SE dependurada no portão, e a casa da frente não estava pronta, uma pilha de tijolos e um monte de areia atulhando boa parte da calçada. Ninguém viu ou ouviu nada, exceto o fogo, quando o fogo já estava alto demais e podia ser visto do outro quarteirão.

Duas semanas depois de testemunhar o suicídio de Marta, fui ao que restara da casa em que ela vivia com os pais. Eu tinha escrito a matéria, colocado todas as aspas e narrado com o máximo de cuidado possível os trechos mais escabrosos, bem como o desfecho de nossa entrevista, a visão aterradora do ato, a decisão tomada por ela de, enfim, falar a respeito, decisão que interpretei apenas como um trampolim para saltar daquela forma, cair fora. O editor adorou e o jornal, é claro, vendeu horrores, a coisa repercutindo inclusive internacionalmente (um artigo no *Guardian* perguntando o que teria acontecido com a nossa "democracia racial"; a ONU externando preocupação), e também porque mais de vinte ataques tiveram lugar em São Paulo desde o início do ano.

Uma jovem haitiana currada e espancada no banheiro da estação Belém.

Um rapaz de ascendência indígena escalpelado e estrangulado em plena praça da República, numa madrugada de terça--feira.

Um paraibano teve os olhos vazados com uma chave de fenda (deixada no local) num ponto de ônibus da Vila Ema.

Dois gays mortos a tijoladas na Granja Julieta.

O corpo de uma travesti encontrado num terreno baldio, os genitais destroçados e uma suástica esculpida (à faca) no meio da barriga.

Etc.

Eu vinha cobrindo a maior parte das ocorrências, ouvindo eventuais testemunhas (mendigos, travestis, pessoas que assomavam às janelas acordadas pelos gritos, bêbados, taxistas), todos muito assustados, hesitantes, mas sem muito o que contar, eram cinco, seis, sete ou oito mascarados, diziam, camisas brancas, coturnos (alguns notavam os cadarços, outros não), tudo se dava muito rápido.

O jornal concorrente fez uma pesquisa e constatou que dezessete por cento dos paulistanos "não concordavam com os métodos", mas "compreendiam as razões" dos agressores.

A direção do Metrô não conseguiu explicar como aquilo pôde acontecer no banheiro de uma estação. Onde estavam os seguranças? Tudo será investigado, diziam. Uma sindicância interna. E a polícia está falando com todo mundo. A haitiana morreu no hospital. Algum diretor do Metrô foi demitido.

Eu escrevia, descrevia, entrevistava, e tentava não pensar muito nas coisas que lia e ouvia e, sobretudo, tentava não pensar em Marta, por mais que a imagem da faca perfurando o olho e todo aquele sangue e a gritaria da avó me perseguissem dia e noite.

Não se afasta uma coisa dessas da cabeça. Não se esquece, simplesmente.

Sem pensar muito no que fazia, fui à casa queimada. A avó dela me ligara na noite anterior, pedindo que eu fosse vê-la de manhã, queria me entregar uma coisa. Por alguma razão, ao sair do jornal, tomei a direção contrária e, quando dei por mim, estava diante das ruínas.

Não sei.

Acho que só queria ver o lugar mais uma vez.

Só estivera ali no dia seguinte ao ataque, Marta desaparecida e a polícia tentando entender o que tinha acontecido. Chegaram a cogitar parricídio, e parte da imprensa sugeriu que se tratava de uma versão piorada de Suzane von Richthofen (o colunista de uma revista semanal escreveu um longo artigo sobre como o fogo, isto é, o ato de imolar os pais, seria ainda mais horrível que espancá-los até a morte com barras de ferro). Quando encontraram a menina desmaiada, nua, costelas, nariz e dentes quebrados, cheia de hematomas, marcas de cigarro e outros sinais evidentes de toda espécie de abuso, a cabeça raspada, no chão de um banheiro de posto de gasolina, não houve mea-culpa, é claro, mas, no máximo, uma singela mudança de tom e de perspectiva. Ela era vítima, afinal. Claro, sou um jornalista e estava, como os demais, louco por uma exclusiva, mas não pude esconder a minha admiração por ela ter preferido não falar com ninguém além da polícia, recusando-se a tomar um lugar no centro do picadeiro. Meu editor não parecia tão admirado, mas, como ninguém obtinha nada dela, acabou se conformando. Meses depois, quando a história já tinha esfriado e a avó dela ligou na redação à minha procura, desliguei pensando se tratar de um trote. Ela ligou outra vez e colocou a menina na linha. Por alguma razão, embora nunca tivesse ouvido a voz dela, não tive dúvidas de quem era. Alguma coisa no tom e no que emanava dele, acho. Depois, fiquei pensando que a voz de um morto, a voz que os psicógrafos ouvem, deve soar daquele jeito, descarnada, precária, como se esfarelasse um pouco a cada palavra pronunciada.

Era arrepiante.

Parei o carro e fiquei olhando um pouco através da janela. A casa fora destruída pelo fogo. Agora, o que se via era um enorme amontoado de entulhos. As paredes que não ruíram foram derrubadas depois. Homens com marretas. Foi o que me disseram que seria feito, ao menos. Eu estivera ali no dia seguinte e boa parte do teto e das paredes ainda se mantinha, mal e mal, em seus lugares. O dono da casa, um aposentado do IBGE que morava no Alto da Mooca, fora entrevistado por um jornaleco qualquer. Até isso conseguiram. O velho dizendo que demoliria tudo e deixaria o lote vazio. "Talvez um dia esqueçam. Talvez um dia eu consiga vender. Mas duvido muito." A mesma matéria falava da casa do tio de um parricida, não a casa em que se deram os crimes, mas outra, que não se conseguia vender porque as pessoas viam o sobrenome do dono, ligavam ao assassinato e desistiam do negócio. Elas sabiam que nada tinha acontecido ali, mas pulavam fora mesmo assim. Más vibrações. A simples menção do sobrenome parecia horrorizá-las. Quando li isso, cogitei ligar para o sujeito e me oferecer como inquilino por um valor simbólico. Devia ser uma casa enorme. Não consegue vender? Me deixa morar lá, cuido da casa direitinho, mantenho limpa, arejada, estou cansado de pagar um aluguel absurdo por um quarto-sala-cozinha-banheiro. Comentei com alguns colegas de redação e eles sugeriram que a gente organizasse uma república no tal casarão. Haveria espaço para todo mundo.

Desci do carro e caminhei em torno dos entulhos por um tempo. Um dos bombeiros falara comigo sobre o cheiro de carne queimada. "A pior coisa que existe. Você não esquece nunca mais, cara. Nunca mais." Cheiro de carne queimada. Carne humana. Ou a visão de uma garota de dezesseis anos, indescritivelmente brutalizada, enfiando uma faca no próprio olho. Você não esquece nunca mais, cara.

Nunca mais.

Não sei direito quanto tempo fiquei por ali. Meia hora, talvez mais, talvez um pouco menos. O mato já crescia entre os entulhos. (Lembrei dos corpos sendo retirados. Aqueles sacos enormes. A polícia nos manteve afastados, felizmente. Não senti o cheiro.) O que restara dos móveis e eletrodomésticos, nada que servisse para alguma coisa, nada que ainda funcionasse, jogaram numa caçamba tão logo a perícia liberou o local. Mas, olhando para os fundos do lote, em meio ao matagal, notei o que me pareceu um criado-mudo meio chamuscado. Havia também os restos de uma estante e do que parecia um armário de cozinha, mas foi o criado-mudo que me chamou a atenção. Por que não se livraram também disso? Caminhei até lá, aos tropeços, e me agachei. A madeira tinha apodrecido. Puxei a gaveta com cuidado, com medo de que se desfizesse na minha mão. Um carregador de celular. Algumas revistas imprestáveis. Uma pulseira. Um par de brincos enegrecidos. E era tudo. Voltei ao carro levando comigo o par de brincos. Eu os guardei no bolso da camisa, depois liguei o carro e fui me encontrar com a avó.

Levei uns quarenta minutos para chegar ao Limão. O encontro foi rápido, como se a minha presença suscitasse nela aquela lembrança, a imagem da neta à mesa, o olho vazado.

Eu me sentei no sofá, a televisão ligada no noticiário local. Um casal de lésbicas encontrado no porta-malas de um carro, numa travessa da Rebouças. O repórter se limitava a dizer que as duas mulheres estavam "horrivelmente desfiguradas". Antes de deixar a redação naquela manhã, cruzei com o colega que estivera no local. Ele vinha do banheiro. Acho que estava vomitando.

26

"Cortaram a língua com uma tesoura. E queimaram os genitais com um maçarico."

Ficamos em silêncio no corredor por um tempo que me pareceu bem longo. Então, num tom de súplica, ele me perguntou: "Não quer ficar com essa?".

Balancei a cabeça. "Tenho que ir. É sua, cara. Sinto muito."

Agnes não me ofereceu café dessa vez. Desligou a televisão e disse que encontrara algo entre os pertences da neta. Algo que me interessaria.

"Por que a senhora acha isso?"

"É um diário."

"A senhora não quer guardar?"

"Quero. Não estou te dando. O senhor me devolve depois? Mas é que li e acho que tem coisas aqui que podem interessar."

Sem dizer mais nada, ela se levantou e desapareceu no interior da casa. Voltou em seguida e me entregou uma agenda com capa de couro e zíper. Como não voltou a se sentar, eu me levantei.

"Vou ler. Devolvo pra senhora depois."

"Fico agradecida."

No carro, abri e folheei. A letra gorducha e floreada, mas perfeitamente legível. A letra de Marta. Era mesmo uma espécie de diário. A velha me observava da porta. Coloquei a agenda no banco do carona. Depois, dei a partida, fiz o contorno e deixei logo aquela rua, como se o incêndio da outra casa atravessasse a cidade e as chamas me perseguissem.

Dirigi sem rumo por um bom tempo. Por mais curioso que estivesse, algo fazia com que eu hesitasse em voltar à redação ou parar em algum lugar para ler o diário. A certa altura, entrei em um posto na avenida Sumaré. Precisava de um café. Só quando me aboletei numa daquelas mesinhas desconfortáveis de loja de conveniência é que notei que segurava a agenda com a mão esquerda. Tinha trazido comigo desde o carro e nem me dera conta.

Respirei fundo. Me sentia cansado.

Um casal de garotos se beijava duas mesinhas adiante, próximo ao caixa eletrônico no qual afixaram um cartaz que dizia QUEBRADO.

Abri a agenda.

A primeira entrada datava do início de 2012. Percorri as páginas rapidamente. Não havia nada de insólito. Idas ao cinema com as amigas. Alguns shows. Feriados no litoral. Brigas com os pais. O diário de uma adolescente qualquer. Então, a partir de meados de 2013, menções cotidianas a um certo Henrique. Colega de escola. Um beijo roubado no corredor. Uma festinha onde

28

ficaram pra valer. Ele forçando a mão aqui e ali, ela se segurando, mas não muito, cada vez menos. A primeira vez de ambos
(ela, ao menos, presumia que ele também fosse virgem), quando
os pais dela viajaram para o enterro de uma tia da mãe, em Ou-
rinhos, e ela não pôde ir por causa da escola e também porque
nem sequer conhecia aquela tia-avó. Ele foi cuidadoso e gentil.

Então, algum tempo depois, o distanciamento.

Henrique começou a agir de modo estranho. Mudou as
roupas. Começou a faltar às aulas. O cabelo quase raspado. Coturnos. O boato de que teria perseguido um garoto do segundo
ano e seu namorado e espancado os dois. Marta topou com ele
no shopping Eldorado. Tentou conversar. Mandou que ela se
fodesse, ela e a porra do pai porco boliviano safado dela. Gritando no meio da praça de alimentação. Calças pretas, coturnos. A
gente ainda vai queimar esses porra, caralho, disse, não gritando
agora, mas a meio centímetro da cara dela, como se cuspisse, e
depois foi embora.

Queimar.

Nisso, uma discussão começou lá fora, entre as bombas de
gasolina. Os carros parados lado a lado. Um deles desceu e chutou
o carro do outro, que também desceu, foi ao porta-malas e alcan-
çou uma chave de roda. Os frentistas e os demais fregueses acom-
panhando tudo à distância. Nenhuma arma de fogo, pelo menos.

Fechei a agenda, o zíper. Henrique.

Um barulho seco (seguido por uma gritaria infernal) fez
com que eu olhasse de novo para fora. Ainda carregando a chave
de roda, o sujeito agora corria na direção contrária, a mão na
barriga, gritando. No chão, percebi, deixava um rastro de sangue. Arma de fogo, sim. Na mão do outro, que entrou no carro
e saiu dali o mais rápido que pôde. O sujeito deixou cair a chave
e se sentou no chão, ao lado de uma das bombas, a mão sempre
na barriga. Já não gritava. Respirei fundo e pensei em ir embora.

O lide, contudo, já pipocava na minha cabeça. E meu editor me comeria vivo se descobrisse que eu testemunhara um troço daqueles e decidira ir embora. O que é que você tem na cabeça, porra? Corri lá fora e fui conversar com um dos frentistas, o que me pareceu mais próximo no momento do disparo. Nem sinal da polícia. Ao lado da bomba, sentado numa poça de sangue que crescia e crescia, a mão ainda pressionando a barriga, respirando com enorme dificuldade, o sujeito olhava para o chão, mas não parecia enxergar mais nada.

3.

O colégio ficava na Carlos Weber e, na manhã seguinte, logo cedo, eu estava lá. Elza era a única professora citada por Marta no diário. Trinta e poucos anos, magra, os cabelos pretos e lisos mal chegando aos ombros, meio dentuça, ou talvez fossem os lábios, finos demais; as olheiras de quem talvez ficasse até as duas ou três da madrugada corrigindo redações e o que mais houvesse. Eu me identifiquei na recepção e pedi para falar com a professora Elza. Pediram que eu esperasse. Ela estava de jeans e camiseta. Jornalista? Não parecia disposta a conversar. Então, mostrei a agenda e expliquei o que e sobre quem era. Citei Henrique.

"Ela fala de você aqui. E fala de outras coisas também. Coisas que talvez ajudem, você sabe... os caras que fizeram aquilo ainda estão por aí."

Ela pediu que eu a acompanhasse. Seguimos pelo corredor até uma sala de aula. Ninguém ali dentro. As carteiras em certa desordem, e os livros e cadernos estavam sobre quase todas elas. A professora se sentou numa carteira vazia e me ofereceu outra.

"Estão na capela. Mas não posso demorar muito."

"Ensaiando?"

"Como?"

"Estudei em colégio católico e a gente ia muito à capela ensaiar. Você sabe, as músicas e tal."

"Ah. Sim, estão ensaiando. Posso ver?", apontou para a agenda. Parecia meio afobada. Mesmo assim, entreguei para ela. "Obrigada."

"Ela parecia gostar muito da senhora."

"Não me chame de senhora."

"Ela parecia gostar muito de você."

"Era uma aluna excelente. Gostava muito de ler."

"Vou direto ao ponto porque não posso perder tempo e você, muito menos."

"Eu agradeço."

"Ela fala desse colega, Henrique… acho que chegaram a namorar…"

Elza levantou os olhos para mim. "Eu não sabia disso."

"Disso o quê?"

"Deles dois."

"Era meio escondido, pelo que li aí."

Ela suspirou, olhando direto nos meus olhos. "Quase sempre é."

"A coisa não acabou bem."

"Como assim?", ela voltou a folhear a agenda.

"Ele se distanciou. E, então, eles se cruzaram um dia desses no Eldorado, ela tentou falar com ele, mas ele a agrediu, sabe?"

Os olhos outra vez fixos em mim. "O que ele fez? Bateu nela? Em público?"

"Não. Agrediu verbalmente."

"O que ele disse?"

Estendi a mão, pedindo a agenda. Ela me entregou. Encontrei a passagem e devolvi para ela. Engoliu em seco. "Meu Deus."

"Ela também fala de um espancamento. Um garoto daqui. Gay. Segundo ano. Agora deve estar no terceiro."

"Ele não estuda mais aqui. Mudou de escola depois que... mas, sim, aconteceu."

"E tem o lance das roupas, sabe?"

"Roupas?"

"Coturnos. Camiseta branca, calça preta. E a cabeça também. Raspada, ou quase."

"Henrique mudou muito. É verdade." O tom era impessoal.

"Ainda estuda aqui?"

"Não. Ele foi reprovado por faltas no ano passado. Antes disso, a gente tentou falar com os pais, quando ocorreu essa... mudança."

"Ele era um bom aluno antes?"

"Normal. Fazia o que os professores pediam. Nunca tinha sido reprovado."

"Então começou a faltar e..."

"Agressivo, sabe? Ameaçou uma professora."

"Você?"

"Não. A professora de história. Alguma discussão em sala. Ele questionou, ela respondeu, ele começou a xingar... alguma coisa a ver com tráfico negreiro, não sei direito."

"Essa professora?..."

"Ela se aposentou no final do ano passado. Mas posso conseguir o telefone dela, se quiser."

"Eu agradeceria muito."

"Você acha que o Henrique, ele?..."

"É possível. Se não ele, pessoas que ele conhece, com quem anda."

33

"Entendo."

"A polícia veio aqui, falou com você?"

"Falaram com a diretora, mas isso foi logo depois que aconteceu. Quando Marta ainda estava... sequestrada."

"Não falaram com você?"

"Não... acho que eles só estavam... é a polícia, né?"

Não entendi o que ela quis dizer, mas concordei com um sorriso.

"Mas, este diário", ela continuou, "você só encontrou agora, né?"

"Foi, sim. A avó dela me entregou ontem."

"A diretora comentou que eles estavam meio perdidos. Os policiais. Mas, como eu disse, isso foi antes que ela aparecesse. Marta."

"Ela ainda era a suspeita."

"Sim. As perguntas foram nesse sentido. Como ela era. Como agia. Mas ninguém aqui acreditava que ela poderia... você sabe. E, depois, quando ela foi encontrada, bem, ela ficou em estado de choque por um bom tempo. Internada naquela clínica e tudo. E depois ainda..."

Respirei fundo. Depois. Agora. "Essa entrevista com ela... fui eu."

Elza se sobressaltou, os olhos arregalados. "Então você estava lá, você viu quando ela..."

"É. Eu estava lá."

Eu estava lá. O que mais eu podia dizer?

"Que horror."

Concordei com a cabeça. "Mas ela não falou do Henrique na entrevista. Não mencionou nada, o encontro no shopping, o que ele disse, as coisas que ele talvez tenha feito com o outro menino... ela não falou nada, nada."

"Talvez ela não se lembrasse."

"É possível. Mas não sei."

"Acho que a gente nunca vai saber."

"Ele foi o primeiro garoto com quem ela transou."

"Henrique?"

"Henrique."

"Entendo."

"Quer dizer... eu não sei se..."

"Não sou médica nem nada, mas não tem como saber. Eu acho. Do que a pessoa vai se lembrar e do que não vai se lembrar depois de passar por uma coisa dessas."

"É. Acho que não."

"Ela nunca... não tem como, né? Voltar ao normal. Não tem como, acho."

Concordei de novo com a cabeça. "Ela se lembrava do incidente. Do ataque aos pais, do cativeiro."

"Eu não consegui ler a sua matéria. Não inteira, pelo menos. As pessoas falaram muito, sabe? Do que ela fez. Do que fizeram com ela. Comentando. Acho que as pessoas deviam ficar mais de boca calada."

"É. Também acho."

Ficamos em silêncio por um momento. Eu acariciava a capa da agenda.

"Eu preciso falar com os pais do Henrique."

"Você não vai passar tudo isso pra polícia?"

"Eu vou passar. Mas primeiro quero falar com eles."

"Posso te ajudar com isso. Mas quero o número do seu celular."

"Eu te mantenho informada. É isso que você quer?"

"Sim." A mesma impessoalidade de antes. Olhou para um extremo da sala. "Ele ficava ali no fundo, mas não fazia bagunça. Gostava de desenhar. Desenhava bem. Um menino quieto, mas não quieto do tipo... você sabe... só tímido mesmo. Duas meninas gostavam dele, mandavam bilhetinhos, essas coisas, mas não Marta. Nunca percebi nada, pelo menos. Talvez devesse ter prestado mais atenção."

"Ela também se sentava lá no fundo?"

"Não. Aqui na frente. Nesta cadeira aí em que você está sentado."

Elza me acompanhou até a recepção. Sob o olhar curioso da recepcionista, eu lhe dei meu cartão.

"Te ligo mais tarde", ela disse.

"Combinado."

"Boa sorte. Algo me diz que você vai precisar."

4.

O pai de Henrique era dono de uma papelaria na rua João Ramalho, a poucos metros da esquina com a Sumaré e não muito distante do posto de gasolina onde, no dia anterior, eu testemunhara o assassinato.

Deixei o carro na rua Iperoig e caminhei até a papelaria. Um senhor de idade estava sentado ao balcão, sozinho, folheando uma revista. Ergueu os olhos para mim e, por um segundo, diante do enorme cansaço que deixava transparecer, tive vontade de dar meia-volta, ir embora e esquecer toda aquela maldita história. Era o olhar de alguém que queria ser deixado em paz, mas, ao mesmo tempo, tinha plena consciência de que não o deixariam.

Nunca mais.

"Pois não?"

Disse quem eu era e o que queria. Ele não pareceu surpreso ou hostil, só ainda mais cansado. Tinha um escritório ali nos fundos e pediu que eu o acompanhasse.

O escritório era um quartinho apertado, sem janela, atulhado de papéis e mercadorias. Havia uma escrivaninha com um notebook e uma impressora, além de duas cadeiras, a mais confortável atrás da mesa, e um ventilador esquecido num canto, as pás empoeiradas.

Achei melhor não esconder o jogo. Falei do diário (eu o deixara no porta-luvas do carro), da conversa com a professora, da mudança de comportamento de Henrique e de como, talvez, ele estivesse envolvido não só no que acontecera com a família de Marta, mas em outras coisas também.

Quando terminei, ele inspirou tão profundamente que achei que fosse sugar todo o oxigênio da pequena sala; pensei que eu morreria ali, sufocado, sem ouvir o que ele tinha a dizer. Mas o que ele tinha a dizer?

"Meu filho já não é minha responsabilidade."

"Desculpe, mas... qual é mesmo o nome do senhor?"

"Geraldo."

"E por que Henrique não seria mais responsabilidade do senhor?"

"Ele completou dezoito anos dois meses atrás."

"Mas ele ainda vive na sua casa?"

"Não. Minha mulher, Ágata, é bem... é bem impulsiva, para dizer o mínimo. Quando as coisas começaram a aparecer, os pôsteres, uns livros, as roupas... e daí ele raspou a cabeça, toda aquela conversa... quando a gente se deu conta, ele já quase não aparecia na escola e tinha se tornado essa outra pessoa. Ágata tentou falar com ele, eu tentei falar com ele, todo mundo tentou falar com ele, mas era inútil, ele não ouvia, não queria saber. Tentamos um psicólogo, arrastamos ele até o consultório, mas ele quebrou o nariz do sujeito na segunda sessão, acho que ele só voltou lá pra fazer isso. Deu trabalho pro cara não envolver a polícia, se bem que, pensando direito, talvez tivesse sido melhor, não?... E daí aconteceu toda essa... coisa."

"Você acha que ele está envolvido?"

Geraldo encontrou um ponto na parede atrás de mim, um pouco acima das minhas costas, e respirou fundo outra vez.

"Eu… nós… nós temos certeza que sim."

Esperei que ele dissesse por quê. Em vez disso, o homem balançou a cabeça com pesar, ainda fitando o mesmo ponto atrás de mim. Esperei mais um pouco. Ele falaria, eventualmente.

"Quando o pessoal da escola ligou e falou das faltas, da mudança de comportamento dele, a gente fez de tudo: conversas, psicólogo, nada adiantou, mas acabei confirmando umas coisas."

"Que coisas?"

"Ora, que ele estava… está… metido com um bando dos piores, do tipo que sai por aí… você sabe. Quer dizer, não era só uma mania passageira, uma fase, como se costuma dizer. Não era… à toa."

"Mas como é que você confirmou isso?"

"Ele tinha passado a noite fora. Chegou de manhãzinha e foi pro quarto. Entrei sem bater. Ele estava sentado na cama, parado, não parecia estar fazendo nada… a camiseta dele estava toda manchada de sangue. E, no chão, do lado dos coturnos, que também não estavam lá muito limpos, tinha esse… soco-inglês."

"Mais sangue?"

"Mais. Nas mãos dele também. Fiquei olhando, não sabia nem por onde começar, e perguntei o que ele tinha feito. Ele abriu um sorriso e disse que tinham arrebentado uma bicha. Com essas palavras. E depois disse que era só o começo. E veio com um desses… discursos, sabe? Era como se estivesse lendo a porcaria de um panfleto. E eu ali parado… não sabia o que dizer."

"Sua esposa também estava lá?"

"Ela veio em seguida. Olhou pras mesmas coisas que eu, a camiseta, o soco-inglês, e depois pra mim. Ele já tinha começado a falar quando ela entrou no quarto. Então, quando ele disse alguma coisa sobre os judeus, ela deu uma gargalhada. Henrique interrompeu a ladainha na hora, tão surpreso quanto eu. Então Ágata disse que ele tem sangue judeu, porque ela tem sangue judeu. Você precisava ver a cara dele. Disse que era mentira. Gritou, na verdade. Ela abriu um sorriso e confirmou a história. Falou o nome de solteira da mãe. E citou uma tia que morava em Israel. Não se lembra da tia Ingrid?, perguntou, abrindo um sorriso enorme. É uma dessas coisas, sabe? Quando ela falou, eu me lembrei, claro, mas é que a mãe não era religiosa, havia se casado com um gói, e a gente nunca tinha dado a menor bola pra isso de religião. Mas era verdade, sim. A mãe dela era judia, logo Ágata também é. E, querendo ou não, Henrique também."

"E o que ele fez?"

"Ficou olhando pra ela, os olhos como que pulsando, sabe? Por um segundo, pensei que fosse saltar pra cima da mãe, agredir, fazer o diabo, tanto que puxei a Ágata pro meu lado. Foi aí que ela fez todo mundo cair do cavalo. Com toda a calma do mundo, disse que não ia aceitar gente maluca dentro de casa, mesmo que o maluco fosse filho dela. Falou que ele tinha meia hora pra dar o fora. Se algum dia recuperasse o juízo, talvez ela aceitasse conversar. Ele começou a chorar e disse que ela não podia fazer isso, ficou gritando que era menor de idade. Então, Ágata sugeriu que ele procurasse a polícia. Juro. Ele arregalou os olhos, e acho que eu também. Vai lá com essa sua careca, ela desafiou, essa camiseta suja, esses coturnos, esse discurso de bosta. Vai lá, vai. Tomara que o escrivão seja cearense. Depois volta aqui e me conta no que deu."

Tentei conter o riso, mas não consegui. Geraldo me acompanhou.

"E ele foi embora?"

O velho concordou com a cabeça. "E a gente nunca mais teve contato com ele."

Geraldo abriu uma gaveta e tirou um maço surrado de Hollywood. Me ofereceu um. "Não, obrigado."

"Prefere outra marca?"

"Não. Eu não fumo."

Um sorriso cansado. "O que tá acontecendo com vocês, jornalistas?" Encolhi os ombros. Acendeu, tragou. "Acho que ela pensou que Henrique fosse voltar depois de uns dias. Mas o desgraçado não apareceu. E agora ele já completou dezoito."

"Nenhuma ideia do paradeiro dele?"

"Não, nenhuma", deu mais uma tragada. "Mas ele não levou tudo quando foi embora."

"Como assim?"

"Minha mulher fuçou nas coisas dele, no guarda-roupa, nas gavetas da escrivaninha, e achou um DVD. Uns vídeos, sabe? Os caras espancando um coitado. Henrique não aparece. Talvez ele que estivesse filmando, não sei, mas pelo menos não está lá, chutando a cabeça do infeliz."

"Ele aparece em algum?"

"Sim. Numa espécie de confraternização. Cerveja, salgadinhos, churrasco. Eles estão numa chácara."

"Numa chácara?"

"É. Lugar bonito, arrumadinho."

"Tinha alguém mais velho por lá?"

"O líder, sim. Deve ter quase a minha idade."

"Como é que você sabe que é o líder?"

"Tinha outro vídeo com ele, sabe? Numa reunião, discursando. Um velho asqueroso. Aqueles olhos azuis do demônio. A boca fininha, rachada. Careca."

"Por que não entregou o DVD pra polícia?"

"A gente ia fazer isso, claro. Mas o troço sumiu."

"Henrique?"

"É possível. Lembrou que tinha esquecido e voltou pra buscar. Ágata trocou as fechaduras no dia seguinte. Devia ter trocado no dia anterior."

"Vocês ficaram quanto tempo com o DVD?"

"Um dia. Ele foi embora, a gente achou na tarde seguinte, quando vasculhou o quarto, e no outro dia cedo o troço tinha desaparecido."

"Esse líder. Você sabe onde…"

"Sei. O filho da puta tem uma sapataria na Nestor Pestana. A gente encontrou um cartão no meio das coisas do Henrique, na gaveta do criado-mudo, dentro de um desses livros nojentos, de propaganda racista. Parecia que ele usava como marcador de páginas, sabe? A gente mora na Lapa. Sempre morou. Por que ele ia guardar o cartão de uma sapataria do centro? Tá, podia não ser nada, alguém podia ter dado esse cartão pra ele, podia ter vindo dentro do livro, alguém ter esquecido ali, sei lá, mas eu achei melhor checar."

"O que o senhor fez?"

"Fui até a sapataria. O velho estava debruçado no balcão, lendo jornal. Reconheci na hora. Do DVD. Entrei e perguntei pelo meu filho. Assim mesmo, na lata. Ele me olhou meio surpreso, mas logo abriu o sorriso mais cínico que eu já vi na vida. Um sorriso que era pura maldade, puro escárnio. Senti meu estômago subindo até a boca. Ele perguntou quem era Henrique, mas perguntou de um jeito que era óbvio que ele sabia quem era e sabia que eu sabia que ele sabia, entende? Depois riu na minha cara e me aconselhou a dar o fora dali. Usou essa palavra. *Aconselhar*. Eu te *aconselho* e dar o fora daqui agora. Filho da puta."

"O que você fez depois?"

"Mesmo sabendo que não ia adiantar nada, fui até a polícia. Ágata foi junto. O delegado foi educado, recebeu a gente, ouviu toda a história, disse que ia repassar pro setor responsável, eles têm uma delegacia especial que cuida desse tipo de assunto."

"Decradi."

"Isso mesmo. Ali na Luz."

"Vocês foram até lá?"

"Fui sozinho. Contei toda a história de novo. Mas dessa vez não falei com o delegado, ele não estava, conversei com um agente ou coisa parecida. Rapaz simpático."

"E depois?"

"Depois nada. Fiquei pensando que, se for uma coisa bem organizada, o mais provável é que o tal sujeito já esteja sendo investigado. Mas tudo isso foi antes do que aconteceu com o boliviano... era boliviano, né?... com o boliviano e a família dele. Foi bem no começo do ano. E agora você vem me dizer que a menina conhecia o Henrique."

"Sim. Eram colegas de escola."

Esfregou os olhos. "Não é possível que ele..."

Era possível, sim, pensei. Mas não disse nada. Até porque ele já sabia disso.

Deixei meu cartão e pedi que ligasse caso tivesse notícias do filho ou se lembrasse de mais alguma coisa.

Lá fora, na calçada, Geraldo acendeu outro cigarro. Tinha começado a garoar. Ele protegeu a pequena chama do isqueiro com a mão.

"Quando fui na sapataria", disse, "fiquei tão fulo que quase falei pro velho isso do Henrique ter sangue judeu. Jogar na cara dele. Ver como reagia. Olha só seus parâmetros de recrutamento, desgraçado."

"Ainda bem que você não falou nada."

Ele deu uma tragada. Balançou a cabeça. "É. Ainda bem."

"Iam usar Henrique como exemplo. Você sabe."

"Eu sei."

Um carro de bombeiros passou zurrando pela Sumaré, sentido Barra Funda. Cortando os outros veículos, ziguezagueando.

"Eu não sei de onde vem tudo isso", disse Geraldo. "Aquela menina, o que fizeram com ela, com os pais dela, tudo aquilo... e todas essas coisas que estão acontecendo. Essas duas mulheres que acharam ontem, no porta-malas..."

"Henrique é filho único?"

Demorou um pouco a responder, como se precisasse pensar a respeito. "Com a Ágata, sim. Tenho uma filha do primeiro casamento. Ela mora na Áustria, em Innsbruck. Foi pra lá estudar, fazer mestrado, conheceu um rapaz, casou. Eles têm um filho pequeno", disse, abrindo um sorriso triste. Balançou a cabeça outra vez. "Não tinha pensado nisso."

"No quê?"

"Minha filha mais velha morar na Áustria. E o caçula aqui, enterrado até o pescoço em toda essa merda."

5.

Permaneci por um bom tempo sentado ao volante, o carro ainda estacionado na Iperoig, tentando decidir o que fazer. Eu estava muito curioso para ver a cara do tal sujeito, mas, ao mesmo tempo, sabia que não conseguiria nada indo até lá. Fiquei pensando no que ouvira de Geraldo. Ver o próprio filho com a camiseta ensanguentada e os olhos faiscando, saber que andava por aí com seus parceiros, armados com porretes, facas ou coisa pior, destroçando qualquer um que parecesse "diferente".

Liguei o carro pensando que seria melhor ir direto para a redação, mas, dali a pouco, dirigia pelo centro. Passei em frente à sapataria, uma pequena vitrine, uma porta; parecia vazia. Fui em frente, cruzei a Consolação e segui pela Araújo, dobrando à esquerda e alcançando a Ipiranga. Circulei pelas redondezas por quinze ou vinte minutos, ainda indeciso quanto a entrar ou não na sapataria. Por fim, deixei o carro na Avanhandava e caminhei até a Nestor Pestana. Olhava para o chão, os meus pés pareciam me levar à revelia, como se fossem eles que precisassem ver a cara do sujeito, enquanto a cabeça maquinava à procura de alguma estratégia ou pretexto, uma desculpa, qualquer coisa que justificasse minha presença ali. Um freguês, um qualquer. Uma boa olhada no sujeito. Tentar perceber nele algum traço que denunciasse ou indicasse o que fizera. Eu procurava um indício do fogo.

Ele estava de pé, atrás do balcão, folheando o que parecia um talão de recibos. Vestia uma camisa branca de algodão, desabotoada até quase o meio da barriga. Uma corrente de prata pendia do pescoço enrugado. Olhou para mim e sorriu. Não parece um sorriso ordinário, pensei. Ou estou ficando paranoico?

"Boa tarde."

"Boa tarde."

"O que posso fazer pelo senhor?"

Era um cômodo estreito, as paredes laterais forradas com reproduções de pinturas renascentistas que pareciam arrancadas desses livros decorativos, do tipo que abarrotam mesinhas de centro estilosas em apartamentos com centenas de metros quadrados. Às costas do velho, uma prateleira de metal abarrotada com calçados e bolsas de cores e tamanhos variados, todos etiquetados e amontoados numa espécie de purgatório de couro. Um rádio ligado em algum lugar, talvez sob o balcão, tocava música clássica em volume baixo; não consegui reconhecer o que era. Pedro, meu editor, identificaria no ato, sempre estava com ingressos para a Sala São Paulo e jogando conversa fora com o rapaz do Segundo Caderno que cobria os concertos e festivais, trocando informações, comparando impressões, quem era o melhor intérprete de fulano, que achavam da montagem da ópera tal, esse tipo de coisa. Eu apenas ouvia, sem atentar se era Schumann ou Schubert, Breitner ou Beckenbauer, Beethoven ou Bruckner, Dalglish ou Keegan. Resolvi arriscar:

"É Wagner?"

Os lábios finos do outro se esticaram num sorriso positivamente feio. "Não, não é Wagner."

"Ah, não?"

"Não, não é."

"Foi mal. O volume está meio baixo…"

"Sem problemas. Mas, ouça esse trecho agora…"

Ouvi. O filho de uma puta ia esperar que eu dissesse, então. Era desse tipo. Professoral, chato. "Ah, sim. Brahms." Óbvio que eu estava chutando. Mas, como o sorriso desapareceu, percebi que tinha acertado. Só me restou torcer para que ele não me obrigasse a dizer o nome da peça.

"Sim", ele disse e concordou com a cabeça (o sorrisinho escroto tinha desaparecido). "É o *Réquiem* dele."

Um réquiem. Claro. Fiquei ali ouvindo a melodia por um momento, as mãos para trás. Mais tarde, quando eu contasse o episódio ao Pedro, Wagner vs. Brahms, ele gargalharia para, em seguida, me explicar, sem empolação alguma (ele realmente conseguia fazer isso; é uma espécie de talento, explicar coisas complexas sem cair num rebuscamento forçado), o que distinguia um do outro.

Os olhinhos azuis do sujeito estavam fixos em mim. Eu precisava dizer alguma coisa.

"Desculpe, qual é o nome do senhor?"

"Saulo."

"O meu é João."

"Certo. O que posso fazer por você?"

"Então. Tenho uma mala Samsonite."

"Meus parabéns."

Soltei um riso tão forçado que ele fechou os olhos por um segundo. "Mas é que o zíper dela encrencou, sabe? E o forro ali dentro também rasgou um pouco. Sei que não consigo mais fechar nem abrir direito. Acho que vai precisar trocar o zíper e o forro. Se for o caso, em quanto tempo o senhor acha que dá conta do serviço?"

"Bem, é claro que antes preciso ver a mala, saber exatamente o que tenho que fazer. Não consigo orçar nada assim, à distância, e levando em conta o que o freguês diz. Mas, pelo que você falou, na pior das hipóteses, consigo consertar em dois ou três dias."

"Que bom. É uma mala excelente. Não foi barata. E vou precisar dela daqui a duas semanas."

"E onde é que ela está?"

"Na minha casa. Eu estava passando aqui perto, gosto muito de comer ali do lado do Copan, no Dona Onça, o senhor conhece? A salada do chef é sensacional e eles também têm uma cachaça ótima, esqueci o nome agora. O lugar não é exatamente barato, mas acho que vale muito a pena... enfim, eu estava passando, vi a placa e resolvi entrar. Posso trazer amanhã?"

"Quando quiser."

Olhei para as mãos dele sobre o balcão. Muito brancas e enrugadas. Os dedos grossos, algumas manchas nos nós. Anéis. Ele usava anéis também. Ergui os olhos. Atrás da prateleira de metal, eu não tinha percebido antes, uma bandeira do Brasil afixada à parede. Estava quase inteiramente coberta pelas tralhas, mas ainda era possível ver a parte de cima e um dos lados, as cores, partes do losango; a inscrição "ordem e progresso" não estava à vista.

"A bandeira está precisando ser lavada", disse Saulo, como se adivinhasse para onde eu olhava. "A bandeira. A cidade. O país."

Abri um sorriso. É sempre engraçado esse tipo de conversa. Passar o Brasil a limpo. Lavar, higienizar. Sempre me lembrava de Travis Bickle antecipando (ou profetizando, vai saber) a "chuva de verdade" que viria (virá?) limpar tudo. O problema é que a "chuva de verdade" desses caras é quase sempre uma mistura de sangue e merda. Mais sangue do que merda, muito mais. Daí que esses papos são engraçados, mas de um jeito perigoso. Basta lembrar o que o perturbado Travis apronta no final do filme. A imagem da mão do sujeito explodindo com o tiro de Magnum .44 me veio à cabeça.

"É alguma viagem a trabalho?"

"Sim."

"Sempre acompanho suas matérias. Espero que seja algo interessante."

Meu sorriso desapareceu na hora e, ato contínuo, o dele reapareceu em toda a sua gloriosa feiura.

"Como?", gaguejei.

"No *Estadão*, ora. Sempre leio suas matérias. O texto flui tão bem. Você é um bom leitor, não é? Digo, você lê coisas boas. Boa literatura. Bons escritores. Não lê?"

Sem saber direito como reagir, concordei com a cabeça. Quem será que ele considerava bons escritores? Alfred Rosenberg? Plínio Salgado?

"Coisa horrível o que aconteceu com aquela menina, não?", ele prosseguiu. "Horrível."

Ele sabia o tempo todo.

O filho de uma puta sabia o tempo todo quem eu era e o que estava fazendo ali.

O tempo todo.

Desde que entrei por aquela porta.

Desde antes.

Sim, ele estava à minha espera.

Mas como é que ele...?

"Vocês... vocês estão me seguindo?"

Uma risada baixa, pensada. Nada nele soava espontâneo. Os olhos azulíssimos e pequenos pareciam socados no meio da cara por alguma criança hiperativa; os lábios formavam aquele risco deselegante; o nariz era fino e desproporcional; o queixo, liso e arredondado, como se tivesse sido lixado sem o menor cuidado.

"Horrível", ele repetiu, embora tudo em sua expressão dissesse o contrário. "E você estava lá, não é? Ela fez tudo bem na sua frente. Nossa. Eu nem achava que uma coisa dessas fosse possível. Meter uma faca... não foi isso? Ela meteu uma faca no próprio olho, não foi? Não foi? Como é possível? Quero dizer, como ela conseguiu ter força para enfiar a lâmina, suportar a dor e continuar enfiando, cada vez mais fundo, até o fim? Pense nisso por um momento. Como foi possível?"

Um momento? Eu vinha ocupando a minha cabeça (e boa parte dos meus pesadelos) com isso desde então.

"Eu realmente não sabia que um troço desses era possível", ele continuou. "Já soube de gente metendo coisas assim no pescoço, sabe? Cacos de vidro, por exemplo. Mas a artéria está logo ali e é menos... trabalhoso. Não é? Não concorda? Enfiar, rasgar. Coisa rápida. Agora, no olho? Eu mal consigo manter os olhos abertos para pingar colírio", estava rindo outra vez, o mesmo riso baixo, calculado. "Fiquei imaginando a lâmina cada vez mais perto, e depois entrando, entrando, *entrando*. Meter uma faca no próprio olho. Imagina só o estado de perturbação da pessoa. Mas, também, com o que ela passou. Os pais mortos daquele jeito. Li nos jornais, cansei de ouvir sobre o caso na TV. Por um tempo, não se falava de outra coisa. Tinha até as simulações e reconstituições. Aquelas animações toscas de computador. As pessoas ficam obcecadas, né? A mãe estuprada ali mesmo na sala, na frente do marido e da filha. O pai quase morto a pancadas. E os dois queimados vivos. E depois, a menina ainda foi sequestrada. Ela ficou em cativeiro por quantos dias mesmo? Mesmo que fosse só um dia. Uma *hora*. Esses caras não brincam em serviço. Não, eles não brincam mesmo. Eles são uns loucos desgraçados da pior espécie. Terríveis, terríveis. Mas foi o quê? Uma semana? Pensa nisso agora. Prisioneira desses caras por uma semana. Imagina se acontece com você ou com alguma pessoa de quem você goste. Imagina só. Que loucura. O que devem ter feito com a menina, nossa. Aliás, se você quer mesmo saber, pensando por esse lado, não me admira que ela tenha metido uma faca no próprio olho. Não mesmo. No lugar dela, meu amigo, acho que você faria a mesma coisa, viu? Qualquer um faria. Qualquer um mesmo."

Esperei que ele terminasse. Então, lívido, as mãos com um leve tremor (que ele na certa percebeu, pois sorria ainda mais), dei meia-volta e saí sem dizer nada.

Ainda o ouvi, já na calçada, berrando às minhas costas: "Não esquece de trazer a mala. Faço um preço bacana pra você".

Voltei ao carro e, ali sentado, sem saber no que pensar, sorri bestamente ao lembrar que não mentira sobre a mala. Tinha mesmo uma Samsonite com o zíper e o forro detonados.

Por fim, peguei o celular e liguei para Pedro. Como eu previra, ele riu do lance envolvendo Brahms e Wagner e perguntou qual seria o meu próximo passo.

"Não faço a menor ideia. O cara me sacou, o tal DVD deve ter virado poeira e não consigo pensar em mais ninguém com quem possa conversar a respeito dessa história."

"Não vai falar com a gente boa da Decradi? Tem uma delegada bem gostosa por lá, me disseram."

"Eles não vão me dizer porra nenhuma. Até porque não devem ter porra nenhuma pra dizer."

"Tá, mas seria bom colher umas aspas. E dar uma boa olhada nessa delegada."

"Aspas pra colocar onde?"

"O que é isso, meu filho? O velho deportou seu cérebro pra Treblinka? Essa coisa toda com o garoto parece boa."

"Verdade. Caralho. Que merda, não estou raciocinando direito."

"Me faz um favor?"

"Diga."

"Não deixa esse velho deportar a sua cabeça. Ou entrar nela. Isso. Não deixa ele entrar nela. Você não quer isso, cara. Não quer mesmo."

Sorri, um meio suspiro. "Você precisava ver a cara dele."

"Na verdade, não. Já vi coisa demais. Acho que o melhor que você pode fazer agora é voltar pra casa e tentar relaxar. Ou então: por que não me espera ali no Athenas? É perto da sua casa e longe o suficiente da minha. A sogra e a cunhada estão lá de novo, acredita? A gente bebe alguma coisa, come, repassa essa porcariada toda e pensa no próximo passo, se é que há um."

"Uma Norteña cairia bem."

"Lindo. A gente pede logo duas. Aquele filé a cavalo deles é melhor que trepar."

"Não é, não."

"Você diz isso porque não come carne vermelha ou porque não sabe trepar."

"Mas eu como carne vermelha."

"Tem uma loirinha vegana gostosinha estagiando nos Esportes."

"Pagou um café pra ela?"

"Esperando o melhor momento. Os gregos têm uma palavra pra isso."

"Aposto que sim. Eles tinham palavra pra tudo."

"*Kairós.*"

"Te vejo daqui a pouco."

Joguei o celular no banco do carona, liguei o carro e arranquei. Um mendigo estava parado na esquina seguinte e fazia o gesto de pedir carona. Passei bem devagar ao lado dele, tanto que o ouvi dizer: "Estão me esperando em Jerusalém, patrão".

6.

Foram três Norteñas e não conversamos a sério sobre nada. O que, é claro, foi muito bom. Pedro precisava espairecer, a sogra e a cunhada em casa, enchendo o saco a torto e a direito, como ele dizia, e eu queria sair um pouco daquele universo tenebroso povoado por carecas de coturnos com cadarços verde--amarelos, imoladores, estupradores e assassinos. Óbvio que eu jamais esqueceria Marta furando o próprio olho, mas a ideia de fazer alguma justiça servia mais para apaziguar a minha cabeça do que para qualquer outra coisa; ela e os pais estavam mortos, e nada que eu fizesse, apurasse ou escrevesse mudaria isso ou tornaria seus derradeiros momentos no deserto paulistano menos horripilantes.

Trinta anos mais velho do que eu, Pedro encurtava essa distância mantendo a conversa no terreno comum da profissão, relembrando causos, sacaneando colegas e se referindo jocosamente ao passado de militante.

"Não é que eu tenha feito muita coisa", costumava dizer, "fiz bem pouco, na verdade, mas sei de gente que fez muito menos e fica por aí posando de mártir. Eu nem acreditava naquelas merdas de Marx, Lênin, Trótski e o caralho, e o verbo é esse mesmo, né? *Acreditar*. Tanto que nem dá pra dizer que fui militante. Era contra a ditadura porque só quem é muito filho da puta e boçal pra achar aquilo certo, bonito ou necessário."

"Meu pai chegou a ser preso."

"Pois é, você me falou outro dia."

"Ele era do tipo que militava mesmo. *Acreditava* naquelas merdas todas."

"Não acredita mais?"

"Não sei. Ele não fala a respeito."

"E do que é que ele fala?"

"Da Briosa."

"Portuguesa Santista?", ele riu. "Trocou uma calamidade por outra, caralho?"

"Ele estudou na FAU e participou da Libelu. Mas não sei dos detalhes. Tentei conversar com ele a respeito um monte de vezes, mas ele não fala. Até sugeri que a gente escrevesse um livro. Ele deu um sorriso, balançou a cabeça e começou a desancar a diretoria da Portuguesa."

"Também respeito esses."

"Esses quem?"

"Os que não falam."

"Ah, porra, acho que tem que falar, sim."

"Tudo bem. Mas sem aquela pose nojenta de *fomos os sacrificados*. Quem fala assim é porque não foi. Acho que os que se foderam mesmo ou estão mortos ou ficam em silêncio. Como o seu pai."

"Não dá pra generalizar desse jeito."

"Generalizar é sempre um bom começo."

"Em alguns casos, não sei, não vivi nada disso, não estava lá, como se diz, mas, caramba, em alguns casos, acho que generalizar pode ser até uma violência."

"Essa conversa está ficando muito séria. Daqui a pouco vou preferir ter ido embora lidar com aquelas duas. Não. Mentira. Mas enfim. É um troço espinhoso. Esse assunto. O que você vai comer?"

"Salmão."

"Seu pai vive aqui em São Paulo? Desculpa, acho que já te perguntei isso, mas esqueci."

"Em Santos, com a terceira esposa."

"Nós que nos casávamos tanto."

"Estive lá e sobrevivi."

"Só uma vez."

"Só tenho trinta e dois anos, caramba."

"Com a sua idade, eu já estava embarcando no terceiro casamento."

"Falando nisso, em que número você está mesmo?"

"Quinto."

"Haja saco."

"É que sou meio ingênuo, sabe? Acho que casamento tem a ver com felicidade e tal."

"Daí você cai na real e dá entrada no divórcio."

"Não tão rápido. Tem um intervalo doloroso entre uma coisa e outra. Começo a beber mais e a dormir menos."

"E a trepar. Com outras, fique entendido."

"Não deixa de ser um sinal."

"Em que estágio você está agora?"

"Tenho dormido bastante."

"É uma relação nova."

"Três anos desde o *sim*."

"Meu casamento durou quatro anos."

"O que foi que aconteceu mesmo?"

"Ela foi comprar um carro e agora tem dois filhos com o gerente da concessionária."

Pedro gargalhou. "O que isso nos ensina?"

"A não confiar em gerentes de concessionária?"

"Eu confio nos garçons", disse, acenando. "Outra cerveja?"

"E o meu salmão. Estou morrendo de fome."

Uma hora depois, quando nos despedíamos na calçada, meu celular vibrou.

"E então? Alguma novidade?"

A voz não denotava um pingo de ansiedade. Elza parecia estar cumprindo com a última tarefa de uma lista bem longa.

"Olá, professora. É você, né?"

"Desculpa. Sou eu, sim. Tive um dia cheio."

Pedro me deu um tapinha no ombro, fez tchau, atravessou a Augusta e começou a subir a rua Antônio Carlos na direção da Haddock Lobo. Tinha deixado o carro por lá.

"Nem me fale."

"Onde é que você está?"

"Acabei de sair do Athenas."

"Na Augusta?"

"Em plena calçada."

"Estou no Ibotirama. Não quer vir aqui pra gente conversar?"

Eu estava exausto e sem a menor vontade de repassar, pela enésima vez, o que fizera naquele dia interminável. Mas gosto de mulheres magras. E estava meio bêbado.

Ela estava sentada numa mesa de canto, meio escondida atrás de uma tulipa com chope pela metade. O bar não estava cheio. Pedi o mesmo que ela e perguntei se não queria outro. Ela disse que sim, tomou um gole prolongado que quase deu conta do que ainda restava e afastou a tulipa enquanto passava a língua nos lábios. "Fiquei enrolando e o troço esquentou."

Esperei que o garçom nos servisse para falar sobre a conversa com o pai de Henrique e a ida intempestiva à sapataria. Ela não me interrompeu uma vez sequer, exceto para perguntar se Henrique era mesmo judeu.

"Que coisa, não?" Na maior parte do tempo, parecia até meio entediada, como se ouvisse aquela história pela terceira ou quarta vez. "E agora?"

"Não sei. Estava com meu editor e ele me falou pra dar um pulo na Decradi amanhã, trocar umas figurinhas."

"Mas você não parece ter figurinhas pra trocar."

Respirei fundo. Alguma coisa na voz dela. "Está tudo bem contigo?"

"Desculpa. Tive um dia cheio. A coordenadora me chamou pra conversar. Queria saber da sua visita. Ficou me enchendo o saco, dizendo que eu não devia ter te recebido daquele jeito, tão informalmente, que o nome da escola não pode ser envolvido nessa sujeira toda, e depois convocou uma reunião com todos os professores, repetiu a ladainha, e eles ficaram me olhando torto, como se eu fosse uma irresponsável, uma pirralha sem noção, uma dedo-duro. Foi tenso."

"Nossa. Que merda. Mas pode ficar tranquila que não vou te citar ou coisa parecida. Só queria mesmo algumas informações, ligar uns pontinhos e tal."

"Se tiver que citar, não tem problema. É que a galera lá está de cabelo em pé porque tiveram um aluno envolvido com essas coisas terríveis e ninguém se deu conta, ou até se deu, mas não fez nada. Não *fizemos* nada."

"Não tinha como saber."

"Talvez. Talvez sim."

"Tem acontecido um monte de coisas nos últimos meses. Um monte de ações que podem ou não estar ligadas a esse grupo em particular. Quer dizer, pode ser paranoia minha, mas fico pensando no que a Marta me contou, o velho dizendo pra ela que era só o começo, que a hora estava chegando, e isso foi há mais de sete meses. Muita coisa escrota tem rolado desde então. É claro que sempre teve babaca tentando vandalizar sinagoga e espancando gay aqui e ali, mas, sem falar em Marta e nos pais dela, esses ataques mais recentes parecem obedecer a um plano, a uma estratégia de ação, algo desse tipo. Não são mais agressões isoladas, de gente que sai bêbada de um boteco, esbarra num casal de lésbicas e desce a porrada porque sim. Por exemplo, esse rapaz que mora ali na Bela Cintra, os caras deram um jeito de inutilizar o circuito fechado, entrar no apartamento dele e tocar o terror. A polícia chegou a falar em ajuda interna, algum morador ou até mesmo o síndico, um dos sujeitos mais nojentos que já vi, mas não conseguiu provar nada."

"Li a respeito. Tem uns quatro meses."

"Por aí."

"O rapaz morreu, né?"

"Morreu. Os caras fizeram ele engolir uma bola de tênis. Tinha um pôster autografado do Nadal pendurado na sala. Devem ter visto aquilo e achado que seria legal fazer o que fizeram. Fechar com chave de ouro."

"Eu pensava que era uma bola de beisebol."

"Não. Era de tênis. Socaram até a garganta dele. Ele sufocou e morreu."

"Que horror."

"Também sequestraram um rabino. Fizeram uma suástica na testa dele, com a ponta da faca. Tipo *Bastardos inglórios*. Pelo menos não escalpelaram o coitado, como fizeram com o índio ali na República."

"Caralho."

"E parece que tem rolado muita merda com os imigrantes, sabe? Não só com os bolivianos, colombianos e haitianos, mas também com os africanos. Essas coisas são mais difíceis de apurar porque a maioria é ilegal e, exceto quando morre alguém, eles não procuram a polícia. Falei com um cara de uma ONG e ele disse que, por baixo, foram umas setenta agressões nos últimos dezoito meses. E deve fazer uns quarenta dias que conversei com ele. Algumas vítimas falaram dos cadarços, sabe?"

"Verde-amarelos."

"Esses caras estão agindo há um bom tempo, em diversas frentes, de forma organizada. É coisa grande. Não vão parar. E a polícia não tem dado conta, ao que parece. É claro que não dá pra pôr tudo na conta do velho Saulo, se é que ele é mesmo o cabeça, mas aposto que ele ou quem quer que lidere o grupo está por trás da maioria dessas ocorrências."

"Você está chutando."

"Sempre chutei bem."

"Tá, mas não tem provas, nada. Não pode escrever a respeito, tirar conclusões."

"Ainda não."

"E a polícia, você mesmo disse, parece perdida."

"Isso eu não sei. Pode ser que estejam investigando, monitorando o velho. O pai do Henrique falou a respeito dele em duas delegacias. Com tudo isso que está acontecendo, acho que não deixariam pra lá, simplesmente."

"É. Acho que não."

"Tomara que não."

Tomei um gole de chope e respirei fundo. Movi a tulipa para o lado e fiquei olhando o rastro molhado que ela deixou na mesa.

"Você parece exausto."

"Estou mesmo."

"Vou te deixar descansar. Tudo bem se eu te ligar de vez em quando?"

"Liga quando quiser, professora."

Tentei sorrir, mas não consegui.

As duas semanas que se seguiram foram tranquilas no que diz respeito à ocorrência de novas barbaridades. As investigações caíram num marasmo. Eu sabia algumas coisas, mas não podia comprovar quase nada e tampouco fazia ideia de onde buscar tal comprovação. Saulo estava limpo, até onde consegui descobrir. Um dono de sapataria. Viúvo. Sem filhos. Gente boa, segundo os vizinhos. Os únicos imóveis em seu nome eram o apartamento em que vivia, ali mesmo na Nestor Pestana, e a sala comercial onde ficava a sapataria. E mais nada.

Nenhuma chácara.

Assim, e também porque as coisas pareciam mais calmas desde que as duas mulheres foram encontradas naquele porta-malas, Pedro pediu que eu desse um tempo, e acabei lidando com outras coisas, o incêndio de uma loja de colchões no centro, a falta de água, uma nova ação do governo para "limpar" a Cracolândia etc.

Contudo, no dia seguinte ao encontro com Elza no Ibotirama, fui ao Decradi e falei com a tal delegada. Ela me ouviu com certa impaciência, respondeu com evasivas e quase me prendeu por desacato quando disse:

"Sendo gay, a senhora não se incomoda que duas mulheres tenham sido encontradas no porta-malas de um carro, com as línguas cortadas e as vaginas queimadas com um maçarico?"

Levei um tremendo esporro, mas não contive o riso quando a doutora disse e reiterou, com raiva, que não era gay. Aliás, foi nesse momento que ela ameaçou me prender.

Por aqueles dias, devolvi a agenda à avó de Marta. Dessa vez, ela nem me convidou a entrar.

"Espero que tenha sido útil", disse.

"Foi, dona Agnes. Bastante. Obrigado."

A velha estava muito abatida. Sozinha, ali parada no portão, segurando o diário da neta com as duas mãos como se fosse uma bandeja, pareceu prestes a me dizer alguma coisa, os lábios ressecados e enrugados se mexendo, mas então balançou a cabeça, tentou (sem sucesso) forçar um sorriso e pediu desculpas, mas precisava entrar, tomar um banho, queria ir à missa logo mais.

Não parecia verdade.

Quis lhe dizer algo, uma palavra de consolo, alguma coisa, mas o quê? Agradeci mais uma vez e fui embora me sentindo péssimo.

Elza voltou a ligar, e depois era eu quem ligava para ela todos os dias, saímos para jantar, fomos ao cinema, ao teatro, a barzinhos, e ali pelo terceiro encontro já quase não falávamos de Marta, Saulo, Henrique e cadarços verde-amarelos. Ela perguntava sobre o meu primeiro casamento, terminado havia três anos, meu pai, como era crescer em Santos, por que me tornara jornalista, enfim, coisas que fazia muito tempo ninguém me perguntava. Sempre havia um tom de impessoalidade na voz dela, alguma frieza nos modos e nos gestos, no jeito como me olhava, mas decidi não me importar com isso, era o jeito dela.

Quando nos vimos pela quarta vez, depois de uns chopes (eu a tinha beijado no encontro anterior, três dias antes, no cinema, mas após a sessão ela teve de ir embora, alguma coisa com a mãe), disse a ela que morava ali pertinho, na Antônio Carlos com a Frei Caneca.

"Aqui do lado."

Ela encolheu os ombros e suspirou ao mesmo tempo. "Por que não?", disse, abrindo um sorrisinho cansado.

Era o jeito dela. Certo?

7.

Eram quatro e dez da manhã quando acordei com o toque do meu celular. Uma leve dor de cabeça, o gosto amanhecido (ou quase) de cerveja na boca e um lado da cama vazio; Elza tinha ido embora em algum momento entre as duas e as quatro, com todo o cuidado para não me acordar. Ela fazia isso, às vezes. Eu achava estranho, mas tentava não pensar muito a respeito. De resto, naquele momento, estava mais sobressaltado por ser acordado com o celular tocando e, em seguida, com a voz tomando a minha cabeça com a frase: "Você precisa ver o nosso presépio".

"Hein? Quem fala?"

"Vou dizer o endereço uma vez só, com toda a calma. O endereço onde está o nosso presépio. Você está pronto?"

"Presépio?", eu me sentei na cama. "Que porra é essa? Quem está falando?"

"Você. Está. Pronto?", repetiu a voz roufenha e irregular, como a de um adolescente gripado. Recitou um endereço na Lapa. Em seguida desligou.

O portão estava entreaberto. Vi um pequeno jardim à direita, um gramado e, um pouco mais à frente, perto da varanda, um carro estacionado.

As luzes da varanda estavam acesas.

A porta da frente, escancarada.

Quando entrei na casa, senti um cheiro forte de parafina. A semipenumbra da sala de estar era estrangulada pelas luzes da varanda e pela claridade amortecida que vinha do cômodo seguinte. De lá também emanava a *Ave Maria* de Gounod (essa até eu consigo identificar). Lembrei do que a voz de adolescente gripado dissera ao telefone ("*Você precisa ver o nosso presépio.*") e, por alguma razão, antes mesmo de ver o que quer que fosse, senti o estômago revirar.

Até hoje não sei como as minhas pernas me obedeciam.

Era uma sala de jantar.

Alguém tinha virado a mesa de pernas para o ar e sumido com as cadeiras.

Era uma mesa de madeira, bem grande, perfeita para o cenário que montaram.

Na parede atrás da mesa, escreveram em letras enormes com o que parecia sangue:

H. N. R. I.

Estranho meus olhos serem atraídos primeiro para a inscrição e só depois para o resto.

Henrique estava no centro, nu, deitado numa manjedoura improvisada com lençóis e cortinas, o pau e o saco destroçados pelo que depois me diriam ser tiros.

Ágata estava à direita de Henrique, ajoelhada, também nua, exceto por uma espécie de véu a cobrir sua cabeça, as mãos unidas em posição de oração, seguras por um prego enorme e enferrujado, as vísceras expostas graças a um corte transversal que lhe rasgara o ventre, o corpo amarrado pelo tórax a um dos pés da mesa, para que se mantivesse naquela posição.

Geraldo estava à esquerda de Henrique, também de joelhos, também amarrado pelo tórax a outro pé da mesa, os bagos igualmente destroçados a bala, os olhos vazados e as mãos não em posição de oração, mas dispostas cada qual em uma coxa, ali afixadas por dois pregos também enormes, também enferrujados.

Os lençóis e cortinas que serviam como manjedoura estavam encharcados de sangue, que tomava boa parte do tampo invertido da mesa, uma poça gigantesca e tranquila, plácida em sua densa uniformidade.

Dezenas de velas vermelhas queimavam silenciosamente por todo o cômodo, espalhadas pelo chão, dispostas sobre um armário, enfileiradas no lustre, escurecendo o teto.

As horas seguintes se atropelam na memória, ao contrário do breve momento (dois minutos, talvez três) em que, petrificado, observei o presépio montado. A exemplo da imagem de Marta dando cabo de si mesma, o presépio está afixado à minha memória com pregos enormes e enferrujados.

Sei que finalmente consegui me lançar dali para fora, de volta ao gramado, aos tropeços, tirei o celular do bolso e, mesmo com a vista turva, sentindo que perderia os sentidos a qualquer momento, localizei entre os contatos o número de Tomás e liguei para ele.

Tomás, um amigo dos tempos do colegial e que chegara a cursar dois semestres de jornalismo comigo para depois abandonar a faculdade, vagabundear por quase dois anos e, afinal, pressionado pelos pais, render-se ao curso de direito, formar-se e, a despeito dos pais, prestar e ser aprovado em um concurso da Polícia Civil.

Não o acordei, pois estava de plantão, mas gaguejava tão incontrolavelmente que ele chegou a gargalhar.

"Me ligando às cinco da manhã de porre, João?"

Por fim, notou o pânico em minha voz, anotou o endereço que eu, atropeladamente, soluçava e, quando dei por mim, estava sentado na grama, uma poça de vômito ao lado, cercado por agentes e policiais fardados quase ou tão desorientados quanto eu (um PM vomitava junto ao muro oposto; outra, encostada no carro, parecia rezar), e Tomás, agachado à minha frente, pálido, lutando para manter o controle enquanto dizia: "Você precisa vir comigo, cara".

Em seguida, estou num escritório, a sala de um delegado, onde era interrogado por meia dúzia de pessoas com expressões aflitas e/ou incrédulas no rosto, suando, esfregando os olhos, falando ao mesmo tempo ou guardando um silêncio repentino. Tomás também estava ali, embora (depois eu saberia) não trabalhasse naquela DP e se limitasse a ouvir e, eventualmente, quando eu fraquejava, pedir que me acalmasse, dizendo que estava tudo bem.

"Não precisa se afobar, cara, respira, estou aqui contigo, beleza?"

Contei tudo o que sabia. A entrevista com Marta. O diário. A conversa com Elza. A conversa com Geraldo. A menção ao DVD, a forma e as razões pelas quais Henrique fora expulso de casa. A passagem pela sapataria. Tudo.

Disse que tinha passado a noite ou parte da noite com Elza, era só ligar pra ela, e também lhes passei o número que pipocara no visor do meu celular às quatro e dez daquela manhã. Eles checaram. Era de um orelhão, a dois quarteirões da casa.

Você precisa ver o nosso presépio.

Era quase uma da tarde quando afinal me deixaram sair. O delegado me pediu que por enquanto não divulgasse detalhes da cena do crime. Um agente observou que as minhas mãos não tinham parado de tremer por um segundo sequer e sugeriu que eu procurasse ajuda especializada.

"Deus sabe que eu vou", ele disse, com um sorriso meio demente que sugeria o contrário.

Outro me agradeceu pela ajuda.

Pedro e Elza me esperavam no corredor, sentados em cadeiras que, naquele momento, me pareceram desumanamente desconfortáveis. Ela já tinha confirmado a conversa que tivéramos na escola e que estava comigo durante boa parte da noite anterior. Eles se levantaram ao mesmo tempo, com gestos idênticos e sincronizados, como se tivessem passado horas ensaiando, e vieram ao meu encontro. Quando estavam a poucos passos de mim, levei a mão à boca e tentei, inutilmente, conter um vômito esquálido que trazia pouco mais do que a lembrança dos inúmeros copos de café e de água que eu, sem me dar conta, ingerira desde o momento em que me vira trancado com aqueles sujeitos naquela maldita sala.

Pedro adiantou as minhas férias. Mesmo que não tivesse feito isso, acho que não conseguiria ir ao jornal ou mesmo sair de casa por alguns dias.

Elza vinha toda noite e, na manhã seguinte, continuava comigo. Ao meu lado, na cama.

Eu tinha pesadelos frequentes, horríveis. O olho perfurado. O presépio. Aquela voz ao telefone.

Você precisa ver o nosso presépio.

Eu me culpava pela morte de Henrique e dos pais dele. Elza dizia que era besteira.

"Pra quem você falou que ele tinha sangue judeu?"

Sangue judeu. Sangue. "Muita gente."

"Pra quem?"

"Pra você. Pedro. A delegada do Decradi. Devo ter comentado com um ou dois colegas do jornal também. Muita gente, porra. Gente demais."

"Você não pode se culpar por isso. É maluquice."

"Não consigo evitar."

"O garoto era um desastrado. Não voltou pra casa todo manchado de sangue depois de estourar um pobre coitado, e ainda contando vantagem? Não fazia questão de falar merda em casa, na escola, em tudo que era lugar? Não deixou a porcaria de um DVD perdido no meio das tralhas? E o cartão da sapataria? Quer dizer, pode ter acontecido qualquer coisa."

A cabeça aninhada no colo dela. Os olhos fechados. As mãos nos meus cabelos.

"E tinha os pais dele também. Vai saber com quem mais eles conversaram. Falaram com a polícia, não foi?"

"Não sei se mencionaram *isso*, especificamente."

"Exato. Você não sabe."

"Não."

"Mas, por exemplo, você chegou lá na papelaria e ele já foi contando tudo, não foi?"

"Mais ou menos."

"A questão é que você não pode ficar pensando nisso, João. Vai te enlouquecer."

"Eu sei. Eu tento, eu..."

"E o moleque era muito burro, óbvio que mais cedo ou mais tarde eles iam fazer alguma coisa a respeito."

"Mas não mataram ele porque... o presépio, poxa."

"Eu sei. Claro. Mas, se eles são tão organizados assim, o mais provável é que tenham descoberto de outra maneira. Como disse, qualquer coisa pode ter acontecido."

Fechei os olhos com força. Sim. Qualquer coisa pode ter acontecido.

"Obrigado por ficar aqui. Comigo."

Ela me beijou no pescoço. Bem de leve. Acariciando os meus cabelos.

"Falando comigo."

"Por nada."

Quase sem querer, após não sei quanto tempo, sorri.

"Agora, para de pensar besteira."

Qualquer coisa pode ter acontecido.

"Vou tentar."

8.

Três semanas após a noite do presépio, numa tarde chuvosa, eu me arrastei até a Starbucks que fica na esquina da Augusta com a Jaú. Fui me encontrar com Tomás. Cheguei dez minutos antes do horário combinado e ele já me esperava, sentado numa mesa, e me olhou com preocupação.

"Não tá comendo, cara?"

Respondi que estava, mas ele não acreditou.

"O que é que você conta?", perguntei.

"Não muito. Até porque não é da minha alçada e, com a repercussão e tudo mais, o governador criou uma força-tarefa para encontrar o tal sujeito e lidar com toda essa merda."

"Saulo."

"Ele mesmo."

"Vi alguma coisa na TV. Mas confesso que ainda não consigo…"

"Nem deve."

"Elza diz a mesma coisa."

"Ela me pareceu bacana. Mas só vi naquele dia."

"Acho que estou gostando dela. Me ajudou demais. Tem me ajudado."

"Isso é bom, cara. Ter alguém assim. Fazendo companhia e tal. Cuidando de você."

"É, sim", sorri.

"Enfim. Os caras da TV ficam chovendo no molhado. Não rola você ficar remoendo essa merda, ainda mais com esses imbecis que sabem tanto quanto esta mesa aqui sobre o que de fato aconteceu naquela casa. São uns picaretas, uns safados."

"E Saulo…"

"Evaporou."

"Pedro comentou comigo sobre os imitadores. Que troço assustador."

"Pelo menos dez ocorrências por noite. Os alvos de praxe: gays, nordestinos, imigrantes, judeus. É como se os filhos da puta tivessem, sei lá, despertado alguma coisa que estava latente. A gente prende dez, aparecem trinta. Não sei de que buraco esses desgraçados são cuspidos."

Suspirei.

Tomás abriu um sorriso meio desconcertado. "Talvez seja a aurora de um novo tempo."

"Sim. O tempo messiânico. Henrique Nazareno, Rei dos Judeus."

A imagem do presépio reapareceu com tudo. Sacudi a cabeça com violência.

"Queria que você não tivesse visto aquilo, cara", disse Tomás, com tristeza.

"Eu também."

"Eu também não queria ter visto, sabe?"

"Agora entendo o que ela fez."

"Ela quem?"

"Marta. Furar os olhos daquele jeito. Vendo daqui, neste ponto em que chegamos, tendo visto o que vimos, parece mesmo que é a única maneira de fazer a cabeça *parar*."

Tomás não disse nada. Balançou a cabeça negativamente, mas não soube se era porque discordava de mim ou por alguma imagem que também tivesse lhe ocorrido de repente e da qual quisesse se livrar.

"Essas coisas se instalam e ficam num auto-reverse infinito aqui dentro."

Ele abriu um meio sorriso.

"Que foi?", perguntei.

"Auto-reverse. Fazia tempo que não ouvia essa merda."

9.

Voltei para casa e liguei a TV. Os programas policialescos ainda zurravam a respeito do presépio e das ocorrências diárias que pipocavam desde então. Muita gente com medo de sair de casa, e a solução parecia distante, para não dizer inalcançável.

Mudei de canal até encontrar um jogo de futebol. Algum campeonato europeu. Então olhei para a foto que emoldurara e pregara na parede, acima da estante: eu abraçado a Pepe, quinze anos atrás. Olhei e nunca me senti tão distante não só do Santos, mas daquilo que, em mim, desde moleque, permitia que eu relaxasse e me entregasse ao jogo, esquecendo de todo o resto.

Quando meu casamento implodiu, a única coisa que me dava algum consolo eram os jogos. Eu sabia que, por pior que me sentisse, eu me sentaria à frente da TV ou desceria até Santos e, uma vez na Vila Belmiro, conseguiria esquecer toda aquela merda por noventa minutos (mesmo que o time perdesse).

Eu não via um jogo do Santos desde antes da entrevista com Marta. Cheguei a comentar isso com Elza, mas ela me olhou com um desprezo mal disfarçado, sabe-se lá por quê. Fiquei puto com isso, e depois senti certa alegria por ter ficado puto com alguma coisa — talvez a semicatatonia em que eu me encontrava não se prolongasse por muito mais tempo.

Elza chegou por volta das oito. Eu ainda estava sentado no sofá, a TV agora sintonizada num debate esportivo. Deu-me um beijo na testa e, ainda segurando a bolsa e umas sacolas de supermercado, perguntou como tinha sido o café com Tomás.

"Foi legal. Ele parece bem."

Ela riu. "Alguma novidade?"

"Nenhuma. Mas ele não está na tal força-tarefa."

"Ele devia prestar concurso pra delegado."

"Acho que ele pretende fazer isso. Não sei por que não fez logo de cara, aliás."

"Você não ficou assistindo àquelas porcarias, ficou?"

"Não. Futebol."

"Que bom. Trouxe comida. E cerveja."

Eu realmente não estava a fim de tomar nada, mas ela foi à cozinha e voltou com um sorriso e uma caneca cheia de cerveja. Parecia gelada.

"Aqui. Tenta relaxar um pouco."

É a última coisa de que me lembro daquela noite.

"Private Idaho" rolava baixinho em algum lugar. Eu estava deitado na cama, de bruços, e a segunda coisa que notei foi o frio que entrava pela janela aberta.

Com dificuldade, consegui me levantar e fechá-la.

Eu me sentia um terço bêbado e dois terços de ressaca. A cabeça latejava. O estômago era um rombo.

Olhei para a cama vazia e pensei que Elza talvez estivesse no banheiro. Chamei por ela.

Nada.

Vesti uma bermuda e uma camiseta e fui para o corredor. O som vinha da sala. O banheiro estava vazio. A capa do vinil sobre o sofá me deixou meio perturbado; sempre escolhia o que ouvir, colocava o disco na vitrola e guardava a capa no mesmo lugar.

Tirei a agulha com cuidado, removi o disco e o guardei na estante com os demais.

A bolsa de Elza ainda estava sobre a mesa, onde ela a deixara.

Senti meu estômago revirar.

Corri até o banheiro e vomitei. Depois, com um gesto brusco, escancarei a porta do boxe.

Vazio.

Voltei ao quarto, precisava do celular, ligar para alguém, para Tomás.

Foi quando acendi a luz que notei: no lugar em que Elza deveria estar, no lado da cama que ela vinha ocupando nas últimas semanas, sobre o lençol branco e amarrotado, estava uma orelha humana.

Alguns fios de cabelo grudados no sangue coagulado atrás da orelha.

Eu gritava.

10.

Horas depois, alguém veio me dizer que a orelha não era de Elza, não poderia ser.

"Como assim?", perguntei, trêmulo. Tinha passado o dia inteiro na delegacia.

"O legista disse que é uma orelha de homem."

Por alguma razão, não senti alívio algum. Eles também descobriram que eu fora dopado.

"Por que ela faria uma coisa dessas com você?", o delegado perguntou.

"Mas ela não... ela fez nada."

"Mas você foi dopado. E não tinha mais ninguém no apartamento, certo?"

"Talvez tenha chegado alguém depois e eu... eu não me lembre."

"Três sujeitos foram ao seu apartamento, é verdade. Mas isso foi por volta das três. Entraram e, logo depois, saíram com ela. Pacificamente. A porta estava destrancada. Eles não arrombaram nada, como você mesmo viu."

Eu balançava e balançava a cabeça. "Ela não está com esses... não é possível."

O delegado respirou fundo. Era um sujeito mais novo do que eu, e bem grande. Usava uma camisa de flanela e os cabelos muito bem penteados.

"Seu editor está te esperando lá fora. Você pode ir, se quiser. A gente vai deixar uma viatura na porta do seu prédio. Não acho que eles voltariam lá, mas nunca se sabe."

"E se eles tiverem levado a Elza? Vamos supor que eu tenha esquecido de trancar a porta. Não me lembro. E já aconteceu antes. Esses caras entram e obrigam ela... podem ter dito que, se ela fosse com eles, numa boa, não me machucariam. Daí eles deixaram essa porra dessa orelha só pra me sacanear, pra me deixar louco, e então saíram com ela. Vai dizer que não pode ter acontecido desse jeito?"

"Acho muito improvável."

"Improvável, não impossível."

Ele suspirou. Estava sendo muito paciente comigo. Senti uma vontade maluca de me levantar, contornar a mesa e abraçá-lo. "A gente está analisando todas as possibilidades, mas, de fato..."

"Você sabe o que eles fazem com... com...?"

"Eu sei. Nós sabemos."

"Eu sei que... não é possível... tem alguma coisa?..."

O delegado e os agentes se entreolharam.

"Que foi?", perguntei. "Alguma coisa que vocês não me contaram?"

"Alguns agentes foram à casa dela."

"Foram? A mãe dela. Meu Deus. Esqueci completamente. Como ela está? O que foi que ela falou?"

"Ela te disse que morava com a mãe?"

"Sim. Por quê?"

"Você já foi à casa dela? Falou com a mãe?"

"Não, mas…"

"Mas?…"

"As últimas semanas foram muito… muita coisa aconteceu desde que a gente se conheceu."

"Você nunca foi à casa dela?"

"Não, eu… como eu disse, essas últimas semanas foram muito…"

"Ela mora sozinha."

Ela mora sozinha.

Recostei na cadeira e pousei as mãos sobre os joelhos, as palmas viradas para cima.

Mora sozinha.

Olhei para elas.

Sozinha.

E então as fechei.

"E a mãe dela?"

"A mãe dela morreu em 1997. Afogamento."

"Morreu? A mãe dela morreu? Afogada?"

Qualquer coisa pode ter acontecido.

"Sim. Por que alguém mentiria sobre a mãe? Sobre tudo isso?"

"Sim. Por quê?"

Qualquer coisa.

"Ela nasceu e foi criada em Osasco. Não tem ficha. Nenhuma passagem pela polícia, nada. Nem multa de trânsito. Mas a gente conversou com algumas pessoas. Com uma tia dela que ainda vive por lá. Com uma ex-colega de escola. Agora mesmo estão falando com outras pessoas. Mas essas duas disseram que ela, ali pelos dezesseis anos, passou a andar com uma galera barra-pesada. Como eu disse, ela não se envolveu diretamente em nenhuma confusão, não foi presa, nada desse tipo, mas esses caras, os caras com quem ela andava, estavam sempre se metendo em brigas, alguns foram presos por agressão, teve um que cumpriu pena por tráfico e outro, por estupro. E ela conhecia essa gente, andava com esses caras, eram a turma dela, entende? Pelo menos por um tempo. Lá pelos dezoito, quando entrou na faculdade, cessou qualquer indício de que ela tenha continuado a conviver com essas pessoas."

"E isso não é bom? Não quer dizer que ela?..."

Qualquer. Coisa.

"O.k. Pode ser que ela tenha se emendado. Pode ser que aquilo tudo tenha sido só uma fase ou coisa parecida. Mas pode ser, também, que ela tenha aprendido a ser discreta. Porque aqueles caras eram fanfarrões, um bando de vagabundos, briguentos, pés de chinelo. Nada a ver com esse grupo com quem a gente está lidando agora."

"Mas vocês não têm nenhuma prova, nada. Têm?"

"Do envolvimento dela? Não."

"Eu prefiro não acreditar nisso por enquanto. Eu prefiro esperar."

O delegado esboçou um sorriso compreensivo. Que diferença fazia no que eu acreditava ou não?

"E teve isso do presépio."

"Qualquer coisa pode ter acontecido."

"Seu editor me disse que você não comentou com muita gente sobre a ascendência do garoto."

"É."

"Você comentou com ela?"

"Sim."

O delegado respirou fundo.

"Qualquer coisa pode ter acontecido", repeti.

De repente, o homem parecia tão esgotado quanto eu. Que diferença fazia?

"Sim", ele disse. "Acho que sim."

"Sim."

"Espero que essas suspeitas se revelem erradas. Espero mesmo. E que, se estiverem mesmo erradas, ela saia ilesa de tudo isso."

Mas ninguém ali acreditava que, para o bem ou para o mal, estando ou não com os caras, sendo ou não membro do grupo, ela sairia ilesa de toda aquela merda. De um jeito ou de outro, e no fundo até eu sabia disso, Elza estava fodida.

11.

Pedro me esperava ali no corredor. Sozinho dessa vez.

Em silêncio, deixamos a delegacia, entramos no carro dele e, quando dei por mim, estávamos na Consolação, atrás de um caminhão limpa-fossas.

Péssimo sinal, pensei.

"O que foi que eles disseram?"

Resumi para ele. "Mas não acredito que ela esteja com eles. Não pode ser."

"Se for o caso... puta que pariu."

"Mas, por outro lado, não sei... até que faz sentido. As coisas meio que se encaixam."

Pedro não disse nada.

"Caralho. Caralho."

"Vai com calma, João. Pode ser... sei lá, isso aí que você cogitou."

"E essa história da mãe?"

"Não sei. Ela deve ter uma boa explicação pra isso."

Ele parecia dizer aquilo só para me acalmar.

"Ela foi muito boa comigo. Ela me ajudou pra caralho nas últimas semanas."

"Eu sei. Eu vi."

"É por isso que não consigo… não consigo acreditar nessa porra."

"Eu sei."

"Não é possível, Pedro. Não é possível."

Por um segundo, tive a impressão de que ele fosse me contradizer, falar que era perfeitamente possível, sim. Em vez disso, perguntou se eu não queria comer ou beber alguma coisa. "Acho melhor você não ficar sozinho agora."

"Não sei, cara. Não sei de mais porra nenhuma."

"Vamos comer alguma coisa. Você não almoçou."

Tapei o rosto com as duas mãos. Respirei fundo.

"Não."

"Não?"

"Não. Valeu, mas… acho melhor ficar em casa."

"Tem certeza?"

"Tenho."

Minutos depois, ele parou o carro em frente ao prédio em que eu morava. Minha cabeça latejava loucamente.

"Acho que vou tentar dormir."

"Talvez seja melhor. Me liga se precisar de alguma coisa, beleza?"

"Ligo, sim. Valeu."

"Liga mesmo."

Não cheguei a entrar no prédio. Fiquei olhando o carro de Pedro seguir pela Antônio Carlos até sumir de vista. Por um instante, desejei ter ido com ele. Sentar numa mesa de boteco. Beber um pouco.

Qualquer coisa.

Então, olhei ao redor procurando a tal viatura que, me disseram, estaria por ali.

Não vi nada.

Quando dei meia-volta e me dirigia à entrada do prédio, uma Variant vermelha se aproximou e parou junto ao meio-fio. Eu me virei. O motorista, abaixando um pouco a cabeça, disse: "A hora chegou."

Por alguma razão, não senti medo ou vontade de fugir. Não senti nada além de cansaço. Talvez ainda estivesse meio dopado, mas o fato é que entrei no carro e me sentei no banco do carona como se desabasse no sofá de casa após um dia cansativo no jornal.

O motorista era um rapaz muito novo. Estava vestido com uma camisa da seleção brasileira e tinha os cabelos bem curtos, talvez os tivesse raspado havia pouco tempo e agora os deixasse crescer. Afinal, nas últimas semanas, carecas em São Paulo andavam tão visados quanto árabes nos Estados Unidos desde aquela manhã de setembro.

Não trocamos nem uma palavra sequer pelas quase duas horas seguintes. Marginal Tietê, Dutra, Fernão Dias e uma rodovia cujo nome não atentei. Mairiporã, Atibaia e, não muito depois, Joanópolis. Cruzamos a cidade, pegamos outra rodovia e, poucos quilômetros depois, ele dobrou à esquerda numa estrada de terra.

Alguém vigiava a entrada da chácara, pois o portão de madeira foi aberto sem demora. Lá em cima, a casa, uma piscina vazia, uma grande área com churrasqueira e, ao redor de tudo, o gramado no qual, deduzi, os pés de Marta pisaram meses antes. Não havia outras chácaras por perto. A casa ficava no alto, atrás de algumas árvores; era possível ver a estrada e quem vinha por ela e, ao mesmo tempo, não ficar à vista, descoberto. Outros cinco carros estavam parados ali e, enquanto o rapaz estacionava, contei dezesseis pessoas circulando nas proximidades. Camisetas brancas, coturnos pretos, cadarços verde-amarelos. As camisetas estavam encardidas. Os cabelos, ainda curtos, como os do motorista que me trouxera. Alguns estavam armados com pistolas; vi dois com fuzis.

Desci do carro e segui o rapaz para dentro da casa. Saulo estava na sala, sentado numa poltrona. Estava de paletó e calças azuis, camisa branca, gravata verde-amarela. Não se levantou quando entrei. Dois garotos musculosos, as cabeças completamente raspadas, ladeavam-no. Tão logo fecharam a porta às minhas costas, um deles se aproximou e me deu um soco no estômago. Quando fui ao chão, ele me chutou nas costas e na cabeça. Saulo fez um gesto com a mão direita; ele parou. Tentei endireitar o corpo, mas estava zonzo; as paredes pareciam se mover na minha direção.

"Me trouxe aqui pra isso?", perguntei. "Podia ter me arrebentado lá em São Paulo mesmo."

"Podia", ele disse. "Mas não quis."

Um novo gesto e um chute me acertou no meio da cara. Pensei que fosse desmaiar. Infelizmente, isso não aconteceu. O rapaz, então, me arrastou pelos cabelos até um quarto vizinho. Breu.

As janelas tapadas. Cheiro de merda, mijo. Vômito.

O quarto, aquele.

Não conseguia enxergar nada. Tentei ficar de pé, mas alguém me chutou a perna direita por trás.

"Não batam mais nele, por favor."

A voz de Elza.

Fraca, um fiapo.

Por um segundo, pensei que estivesse alucinando. *Rezei* para que estivesse alucinando.

Um dos rapazes passou por mim e se agachou num canto. A luz de um abajur foi acesa.

Abajur vermelho. Fio vermelho.

As janelas tapadas com folhas de jornal.

Virei a cabeça e a vi.

Amarrada à cama, braços e pernas esticados, vestida com uma camiseta imunda, o rosto também sujo do que parecia sangue, os olhos arregalados, chorosos.

Durou apenas um segundo; a luz foi apagada e me arrastaram para fora.

Saulo estava de pé no corredor, as mãos no bolso do paletó.

"A ideia é fazer um *snuff movie* com ela. O que você acha?"

Recomeçaram a me chutar. Os dois brutamontes se alternavam, como se dessem conta de uma tarefa rotineira.

Eu me arrastei até a cozinha, mas isso não adiantou muito. Pelo contrário: ali, tinham mais espaço.

Meu braço esquerdo quebrado, alguns dedos de ambas as mãos, o nariz, algumas costelas. Uma sucessão ensurdecedora de estalos.

Quando estava prestes a desmaiar, pararam. Alguém veio com um balde e despejou água na minha cabeça.

Olhei na direção do pequeno corredor. A porta do quarto estava fechada.

Fechei os olhos por um instante.

Jogaram mais água.

Saulo se aproximou, as mãos ainda no bolso. "Chegou a hora. Hoje, a gente vai concluir o nosso trabalho. Muitas pessoas já entenderam o que estamos fazendo. Muitas pessoas já estão colaborando. Você sabe. Você tem visto."

Com dificuldade, segurando o braço esquerdo que inchava e inchava, consegui me sentar no chão. A dor era excruciante. Parecia vir de todas as partes do meu corpo. E vinha mesmo de todas as partes do meu corpo.

"Você vai morrer hoje", ele continuou. "Mas ela não precisa morrer."

"Eles…", balbuciei.

"Eles o quê? Pode falar."

"Eles acham que ela… está com vocês."

Ele gargalhou. "E você? Acredita nisso?"

Balancei a cabeça. Estava chorando. "Não."

"Ela não precisa morrer. Percebe o que estou dizendo? Ela. Não. Precisa. Morrer. Não agora, pelo menos. Não aqui, com você. Não hoje."

"O quê… o que você quer?"

"A gente tem esse manifesto, sabe? E não quer simplesmente enviá-lo para os jornais e canais de TV, publicar na internet… Não. A gente quer um *evento*. Quer chamar a atenção para o que fazemos, para o que estamos *propondo*. E então me lembrei dos árabes. Eles são bons nisso. Aquela gente sabe *mesmo* chamar a atenção. Daí tive essa ideia: a gente liga uma câmera, você lê o nosso manifesto e depois um de nós estoura a sua cabeça. Que tal?"

"Vai tomar no cu."

"Tá, tá. Não é assim que os árabes fazem, eu sei. Eles costumam cortar a cabeça do infeliz. Às vezes, até usam um facão meio cego, o desgraçado não morre assim rápido. A coisa é lenta.

Você já deve ter visto. O problema, e você não vai acreditar nisso, é que não tem nenhum facão aqui. Sério mesmo. Não tem nem um mísero facão sequer nessa chácara. Ninguém se lembrou de comprar. E agora está um pouco em cima da hora para arranjar um. Então, você se livrou dessa. De ter a cabeça cortada. Vai levar só um tiro mesmo."

De repente, levar um tiro na cabeça me pareceu a melhor coisa que poderia acontecer.

"Como é que eu... eu posso ter certeza que ela vai mesmo..."

"Sou um homem de palavra. Coloco a puta num carro tão logo você concorde. É claro, a viagem daqui até São Paulo leva uma hora e meia, mais ou menos. Se, por algum acaso, você mudar de ideia, faço uma ligação e ela é trazida de volta. Ou dão cabo dela no caminho mesmo. Mas, se você fizer o que peço, tem a minha palavra, ela vai para casa hoje. Agora. E ninguém toca nela. Ninguém mais, quero dizer."

Elza foi acomodada no banco traseiro da Variant. Me arrastaram até o gramado, para que eu visse. O carro desceu pela estradinha até o portão.

O céu estava encoberto; quase não havia mais luz. Anoitecia rapidamente.

Vi os faróis cortando a estrada lá embaixo.

Fui levado até a área. Havia uma bandeira do Brasil estendida logo atrás de um banquinho e uma câmera num tripé, ao lado de um refletor. Me sentaram no banco e me esforcei para não cair, para continuar sentado.

Rezei para que a bala viesse logo.

Não lembro uma palavra sequer do manifesto.

Não limparam o meu rosto, mas me deram um copo d'água. Tomei, respirei fundo e creio ter me esforçado ao máximo para não gaguejar ou coisa parecida. Não queria ter de repetir.

Quando terminei, Saulo se aproximou e tomou o papel da minha mão. Estava desarmado. Não seria ele o autor do disparo.

"Leu direitinho."

"Pensei que já fossem... transmitir pela internet ou coisa parecida. Ao vivo."

"A ideia era essa. Mas o sinal aqui é uma bosta."

"Sem facão, sem internet."

"Pois é. Nem tudo sai como a gente quer."

Então, notei a presença à esquerda do refletor. Um vulto que reconheci de imediato. Pistola na mão. Pronta. Aguardando o momento.

"Pois é", disse Saulo. "Achei que você ia gostar que fosse ela."

Elza se aproximou. O rosto estava limpo, ileso. Bonito. Vestia uma camiseta branca, limpa, calças e coturnos pretos, os cadarços. Aqueles. Seus cabelos estavam penteados e presos atrás. Brilhavam à luz do refletor. Os olhos pareciam vazios como a piscina lá fora.

"Acho que é tudo", disse Saulo. "Vamos acabar logo com isso."

"Só mais uma coisa", eu disse.

"O quê?"

"A orelha. De quem era?"

Ele gargalhou. Em seguida, contornou a câmera e se postou lá atrás, no mesmo lugar em que permanecera enquanto eu lia o manifesto.

O rapaz que operava o equipamento perguntou se podia começar. "Sim", disse Saulo.

Elza se colocou à minha esquerda, ereta, a arma firme na mão direita, junto ao ventre.

Tentei levantar os olhos na direção dela, mas não consegui. Não queria vê-la mais.

Não queria ver mais ninguém.

Olhei direto para a frente, para a lente. Senti o cano da arma contra o alto da minha cabeça.

Então, a luz do refletor estourou.

Alguém gritou lá fora, no gramado. Elza desviou a arma da minha cabeça e, mirando a escuridão, atirou. Uma, duas, três vezes.

Ouvi Saulo berrando algo incompreensível. O tripé com a câmera veio ao chão e ela se espatifou. Luzes incertas varriam o ambiente. Lanternas. Ouvi mais gritos. E tiros, vários tiros. Próximos, distantes. Muitos, muitos tiros.

O rapaz que operava a câmera caiu para o lado. Os olhos arregalados. Movia os lábios, tentava dizer alguma coisa, mas não conseguia emitir nenhum som. Tentou se levantar, a mão na barriga. Outra bala o acertou em cheio, na cabeça.

Elza não estava mais ao meu lado. Eu a ouvia xingar na escuridão à frente. Xingava, xingava, em meio aos tiros. Então, de repente, no meio de um palavrão, a voz dela foi cortada.

Desapareceu.

Como se não tivesse mais o que fazer, exausto, escorreguei até o chão e fechei os olhos. Embalado pelos gritos e tiros, agora mais espaçados, adormeci.

Depois, diriam que perdi os sentidos, que desmaiei. Não é verdade.

Eu simplesmente adormeci.

12.

A primeira coisa que perguntei ao acordar no hospital foi:
"O que aconteceu com ela?"

Tomás olhou com certa pena para mim. "Ninguém sobreviveu. Nenhum deles."

"Mas você viu o corpo dela?"

"Não. O corpo, não. Não fui lá com os caras. Aquilo foi treta do GATE. Mas vi as fotos que a perícia tirou. A moça levou três tiros, um na cabeça. Caiu dentro daquela piscina vazia."

Eu me lembrei nitidamente dela ao meu lado, apontando a arma para o alto da minha cabeça, pressionando o cano contra o meu crânio.

"A invasão foi um sucesso", Tomás continuou. "Apesar disso, naquela mesma noite, os desgraçados conseguiram aprontar aqui na cidade."

"Eu não quero saber, cara."

"Não quer saber nem como é que a gente localizou a porra da chácara?"

"Não."

"Você meio que ajudou."

"Não, porra."

Ele concordou com a cabeça. "Certo."

"Só não quero mais saber. Só isso."

"Mas o cabeça já era", disse, após um tempo. "Não vai ser difícil pegar os que sobraram."

No entanto ele não parecia acreditar no que dizia.

Fui ao jornal logo que recebi alta. Entrei na redação, capenguei até a mesa de Pedro, ignorando os olhares curiosos, e me sentei diante dele para dizer que estava de saída.

Ele não tentou me convencer a ficar.

Olhou para os hematomas no meu rosto, o braço esquerdo imobilizado numa tipoia, os curativos, e perguntou, com um sorriso sacana: "Sobrou algum dente na sua boca?".

"O pior é que não", respondi, tentando sorrir para ele.

"O que é que você vai fazer agora?"

"Vou pra Santos. Passar um tempo com meu velho."

"Que bom. Vou te visitar lá."

"Vai mesmo. É só ligar. Meu número continua o mesmo."

Uma TV ligada acima da nossa cabeça informava as últimas. Mais ataques. Ônibus incendiados. Uma bomba caseira em um boteco na Frei Caneca (dois mortos, treze feridos), a trezentos metros do prédio em que eu morava.

Suspirei.

"Tenta não ligar a televisão lá em Santos", disse Pedro.

"Vou tentar."

13.

Um vendedor ambulante passava a alguns metros de mim. Carregava uma caixa de isopor. O celular estava sintonizado numa rádio. Parou, deixou a caixa na areia e se sentou de frente para o mar.

A praia estava quase deserta. Era uma tarde nublada de terça-feira, um dia feio de setembro.

Eu estava sentado numa cadeira de plástico, as pernas esticadas, os dois pés enfiados na areia.

Ventava bastante.

Tentei identificar que música era cuspida pelo celular do ambulante. Era "I can see clearly now".

Olhei mais adiante, por sobre a cabeça do ambulante, para o mar revolto.

Ondas quebravam com raiva. Nuvens carregadas concretavam o horizonte.

Eu me levantei e caminhei na direção do mar. Contornei o vendedor. Quando a água chegou à minha cintura, parei. Abri a mão direita e olhei. Estavam ali os brincos enegrecidos que pegara nas ruínas da casa de Marta e de seus pais. Olhei por um tempo para eles, depois os atirei o mais longe que pude. Voltei para a cadeira e me sentei.

Depois de um tempo, quem se levantou foi o vendedor, pegando a caixa de isopor e voltando a caminhar pela mesma faixa de areia, distanciando-se de mim. Olhava ao redor. Quando me viu, gritou de onde estava:

"Água? Cerveja?"

Ergui o braço e fiz que não. Ele fez um sinal de positivo, depois acenou e seguiu caminhando.

A música desapareceu com ele.

Restaram, então, o mar raivoso e a promessa de tempestade.

Agradecimentos

Agradeço a Marianna Teixeira Soares, minha agente, e a Deus.

ESTA OBRA FOI COMPOSTA EM ELECTRA PELO ACQUA ESTÚDIO E IMPRESSA
PELA RR DONNELLEY EM OFSETE SOBRE PAPEL PÓLEN BOLD DA SUZANO
PAPEL E CELULOSE PARA A EDITORA SCHWARCZ EM MARÇO DE 2016